Justin D'Ath

Sam Fox · Extreme Adventures
Gefangen im Buschfeuer

Weitere Titel aus der Reihe **SAM FOX**:

Von Krokodilen umzingelt
Gefangen im Buschfeuer

Justin D'Ath

Sam Fox

Extreme Adventures

Gefangen im Buschfeuer

Aus dem Englischen übersetzt von Sabine Tandetzke

Loewe

Für Matisse

FSC
www.fsc.org
MIX
Papier aus verantwortungsvollen Quellen
FSC® C083411

ISBN 978-3-7855-8143-8
1. Auflage 2015
erschienen unter dem Originaltitel *Bushfire Rescue*
bei Penguin Australia Pty Ltd

Aus dem Englischen übersetzt von Sabine Tandetzke
Umschlaggestaltung: Franziska Trotzer
unter Verwendung von Bildmaterial licensed by ZDF Enterprises GmbH, 2015

Printed in Germany

www.loewe-verlag.de

INHALT

1
WESPENNEST

Etwas Merkwürdiges war in den letzten zehn, fünfzehn Minuten passiert. Die Luft war auf einmal ganz diesig geworden. Als ich durch die Eukalyptusbäume nach oben blickte, konnte ich zwischen den steil aufragenden Bergrücken kein einziges Wölkchen entdecken. Die Sonne stand schon ziemlich hoch am Morgenhimmel. Und doch schien der Tag nicht mehr so strahlend zu sein wie noch vor einer halben Stunde, als ich von der Farm aufgebrochen war. Komisch.

Susie, das Pferd, das ich ritt, verhielt sich plötzlich auch ganz seltsam. Sie schnaubte, warf den Kopf hin und her und tänzelte auf dem schmalen, steil ansteigenden Viehpfad immer wieder seitwärts. Ich hatte Mühe, mich im Sattel zu halten. Als ich an den Zügeln zog, damit sie langsamer wurde, reagierte die kleine Palominostute gar nicht darauf. Sie wusste, dass ich als Reiter ein blutiger Anfänger und noch sehr unsicher war.

„Hey, lass das!“, brummte ich und versuchte, möglichst selbstbewusst zu klingen.

Es funktionierte. Susie hörte mit den Faxen auf und fiel wieder in ihren üblichen holperigen Trab.

Ich beugte mich vor und kraulte ihr die struppige weiße Mähne. „Braves Pferd“, sagte ich, woran man merkte, wie wenig ich über diese Vierbeiner wusste. Dann warf ich wieder einen Blick auf den Himmel. Eindeutig ein Fehler. Denn in diesem Augenblick trabte Susie absichtlich nah an einem Baum vorbei und unter einen tief hängenden Ast. Damit hätte ich eigentlich rechnen müssen. Nan Corcoran hatte mich vor der Stute mit dem strohfarbenen Fell gewarnt, als ich angeboten hatte, Pop das Mittagessen auf die Hochweide zu bringen, wo er Zäune ausbesserte.

„Sei vorsichtig, Sam“, hatte Nan gesagt und Susie

festgehalten, während ich mich unbeholfen in den Sattel schwang. „Sie liebt Ausritte, aber sie hat auch jede Menge Tricks auf Lager."

Aber diese Aktion ging für Susie eindeutig nach hinten los. Der Ast, den sie angesteuert hatte, war kaum dicker als mein Daumen und nicht groß genug, um mich von ihrem Rücken zu schubsen. Er bog sich ganz harmlos zur Seite. Doch an diesem Ast hing etwas, das ganz und gar nicht harmlos war.

„Ein Wespennest!", sagte eine warnende Stimme in meinem Kopf.

Zu spät. Kaum war das graue, kugelförmige Nest gegen meine Schulter geklatscht, wirbelte eine Wolke wütender Insekten explosionsartig durch die Luft. Ich reagiere allergisch auf Bienen und Wespen. Ein einziger Stich genügt, um mich ins Krankenhaus zu bringen. Mein Arzt sagt, drei oder vier Stiche und aus die Maus. Zum Glück trug ich Reithandschuhe und ein langärmliges Hemd. Der wütende Schwarm konzentrierte seinen Angriff auf meine Arme und Hände, sodass ich nicht gestochen wurde. Susie hatte nicht so viel Glück. Mindestens zwei der großen gelb-schwarzen Wespen setzten sich auf ihren Hals und stießen ihre langen Stacheln in das Fell, während eine dritte in ihr linkes Ohr flog.

Sofort brach die Hölle los. Susie stieß ein lautes Wiehern aus, sprang hoch in die Luft und katapultierte mich aus dem Sattel. Damit hatte ich nicht gerechnet. Ich versuchte immer noch, die Wespen abzuwehren und hatte deswegen die Zügel losgelassen. Wie durch ein Wunder landete ich wieder auf Susies Rücken, nur dass ich jetzt flach auf dem Bauch lag und mich mit den Armen an ihren Hals klammerte. Die Stute buckelte noch einige Male, wobei sie mich durchschüttelte wie eine Stoffpuppe, dann galoppierte sie los.

Ich hatte noch nie ein Pferd in vollem Galopp geritten. In meiner kurzen Reitkarriere hatte ich mich nur an langsamere Gangarten gewagt – bis jetzt. Susie gab so richtig Gas. Bäume schossen vorbei wie Streichhölzer. Der Anblick machte mich ganz schwindelig. „Versuch dich dem Rhythmus des Pferdes anzupassen“, hatte Nan mir am ersten Tag meiner Ferien gesagt. Das war bestimmt ein super Rat, aber leider unmöglich, wenn man bäuchlings auf einem Pferderücken lag. Susies Körper unter mir fühlte sich an wie ein Presslufthammer, der auf meinen Bauch und meine Brust einhämmerte. Sie hatte mich vor den Wespen gerettet, aber jetzt war sie drauf und dran, mich umzubringen.

„Hey!", schrie ich – oder versuchte es zumindest. Das, was aus meinem Mund kam, klang eher wie: „He-he-he-he-hey!"

Susie interessierte das überhaupt nicht. Sie wurde eher noch schneller. Ich klammerte mich verzweifelt an ihren Hals – fest entschlossen, auf keinen Fall loszulassen. Es ging um Leben und Tod. Nan hatte mir einen ihrer Reithelme geliehen, aber das würde mir auch nichts helfen, wenn ich bei dieser Geschwindigkeit auf dem Boden aufprallte. Wahrscheinlich würde ich mir das Genick brechen.

Plötzlich waren die Bäume verschwunden. Wir hatten den Wald verlassen. Susie galoppierte nun über offenes Weideland. Zu meiner Rechten sah ich einen Zaun vorbeirasen, ein verschwommenes Gewirr aus Pfosten und Latten. Susie schlug einen Haken und galoppierte durch ein Gatter. Einige Viehkoppeln zogen blitzschnell an mir vorbei, dann sah ich einen staubigen schwarzen Truck mit einer heruntergelassenen Rampe, die in den Laderaum führte. Ein Mann mit einem Seil in der Hand stand direkt daneben. Ein zweiter Mann saß zehn oder fünfzehn Meter entfernt auf einem Motorrad. Zwischen den beiden stand ein riesiger weißer Bulle mit einem Seil um den Hals. Kosciusko Rex!

Susie hatte die falsche Abzweigung erwischt und mich auf die Bullenkoppel gebracht.

„Hi-hi-hi-hil-fe-fe!“, schrie ich, als wir vorbeirasten.

Zu spät. Die Männer, der Bulle und der Viehtransporter lagen schon hinter uns. Aber das machte nichts. Susie schien von allein langsamer zu werden. Seitdem sie sich auf der Koppel befand, hatte sie ihr Tempo zu einem leichten Galopp gedrosselt. Ich lockerte meinen Griff um ihren Hals und versuchte, wieder aufrecht in den Sattel zu kommen. Die Zügel schwangen vor meiner Nase hin und her. Wenn ich es schaffte, sie zu packen, konnte ich die

Stute vielleicht dazu bringen, wieder im Schritt zu gehen.

Was war das für ein Geräusch? Obwohl das Donnern von Susies Hufen die meisten anderen Geräusche übertönte, hörte ich ein hohes, durchdringendes Jaulen, das rasch lauter wurde. Ich warf einen Blick über die Schulter. Der Mann auf dem Motorrad raste hinter uns über die braune Erde der großen Koppel.

„Alles okay“, rief ich ihm zu. „Alles unter Kontrolle.“

Ich hatte Angst, dass die laute Maschine Susie erschrecken könnte, wo sie doch gerade anfing, sich zu beruhigen. Aber der Motorradfahrer konnte mich nicht hören. Er kam immer näher. Er war jetzt fünfzehn Meter hinter mir und holte rasch auf. Ich schüttelte den Kopf in seine Richtung und riskierte es sogar, mit einer Hand loszulassen und ihn wegzuwinken. Aber er reagierte nicht darauf, sondern fuhr direkt neben uns her. Genau wie ich befürchtet hatte, galoppierte Susie wieder los, um dem aufjaulenden Motorrad zu entkommen.

„Verschwinden Sie! Sie machen ihr Angst!“, schrie ich ihn an.

Der Motorradfahrer trug einen Helm, aber ich konnte seine kleinen, rot geränderten Augen durch das Visier erkennen. Sie sahen aus wie Schweinsäuglein.

„Yaah! Yaah! Yaah!“, brüllte er und zwang Susie zu einer scharfen Kurve.

Was machte er denn da? Wollte er mich umbringen?

RUMMS!

2
DUMM GELAUFEN

Genau wie ich war Susie nur auf das Motorrad konzentriert gewesen. Sie sah den Zaun erst im letzten Moment. Es war zu spät, um auszuweichen. Mit einem erschrockenen Wiehern stemmte die kleine Stute alle vier Hufe in das staubige Gras und rutschte nahezu ungebremst hinein. Die Drähte fingen den Aufprall ab und ließen Susie zurückschnellen wie einen Ball vom Tennisnetz. Nur ich bewegte mich weiter geradeaus.

Ich flog über den Zaun.

Schlug in der Luft einen Salto.

Und landete mit voller Wucht auf dem Rücken.

Genauer gesagt auf Pops Mittagessen, das sich in

meinem Rucksack befand. Nans dicke Vollkorn-Sandwiches hatten meinen Fall gedämpft und mich wahrscheinlich davor bewahrt, mir das Rückgrat zu brechen. Aber weder sie noch mein Helm verhinderten, dass ich fast k. o. ging.

Ein paar Sekunden lag ich ganz still und blinzelte in den Himmel. Mein Kopf tat höllisch weh. Vor meinen Augen tanzten Pünktchen und ich konnte nicht richtig sehen. Die Sonne sah merkwürdig rot aus. Als ich meine Augen unter Schmerzen in ihren Höhlen bewegte, fiel mein Blick auf Susie, die sich auf der anderen Seite des Zauns gerade wieder aufrappelte. Sie schien nicht verletzt zu sein. Ich kapierte nicht so ganz, was passiert war.

Dann hörte ich das Knattern eines Zweitakters. Der Mann auf dem Motorrad hielt neben dem Zaun und stellte den Motor aus. Er klappte das Visier hoch und blickte zwischen den durchhängenden Drähten des Zauns auf mich herab.

„Was zum Teufel hast du hier zu suchen, Kleiner?“

„Mein Pferd ist durchgegangen“, stieß ich hervor. Ich bekam kaum Luft und hatte Schwierigkeiten zu sprechen. „Wer sind Sie? Und was machen Sie da mit Pops Bullen?“

„Das geht dich gar nichts an“, fauchte er und blickte hinter sich auf die Koppel. „War noch jemand bei dir?“

Ich wunderte mich, weil er wütend auf mich war. „Nein, ich wollte Pop sein Mittagessen bringen.“

Der Mann kniff seine Schweinsäuglein zusammen und musterte mich. „Und wo ist dein Pop jetzt?“

„Oben, auf der Hochweide“, antwortete ich.

Er nickte und schien einen Moment nachzudenken. „Okay“, sagte er, als hätte er eine Entscheidung getroffen. „Bleib, wo du bist, Kleiner. Ich hole Hilfe.“

Er ließ das Motorrad an und fuhr langsam am Zaun entlang auf Susie zu. Die kleine Stute schnaubte und trabte in die Mitte der Koppel, aber das Motorrad folgte ihr.

„Yaah! Yaah!“, schrie Schweineauge und trieb sie auf den schwarzen Viehtransporter zu.

Mein Herz klopfte alarmiert. Da stimmte doch irgendwas nicht. Wenn er Hilfe holen wollte, warum nahm er dann Susie mit? Und warum half *er* mir nicht? Er hatte nicht mal gefragt, ob ich verletzt war. Ich hielt mich am Zaun fest und richtete mich auf.

„Hey!“, rief ich mit schwacher Stimme. „Was wollen Sie mit meinem Pferd?“

Schweineauge ging nicht mal vom Gas. Ich fühlte mich wie betäubt, bekam immer noch nicht richtig Luft und war ziemlich geschockt von meinem Sturz. Mein Kopf pochte schmerzhaft. Mehr als eine Minute stand ich einfach nur da, hielt mich an dem wackeligen Zaun fest und sah hilflos zu, wie der Motorradfahrer Susie über die Koppel trieb. Er scheuchte sie am Laster vorbei auf die Straße. Dann gab er ihr einen Klaps und sah zu, wie sie davongaloppierte. Der andere Mann schloss gerade die großen Hecktüren des Viehtransporters, als Schweineauge zurück auf die Koppel gefahren kam. Kosciusko Rex war nirgendwo zu sehen.

Wer waren diese Männer? Was hatten sie auf der Farm meiner Großeltern zu suchen? Und was hatten sie mit Pops preisgekröntem Zuchtbullen vor?

Plötzlich traf es mich wie ein Schlag. Sie *klauten* ihn! Das waren die Jindabyne Viehdiebe!

3

EINE FOLGENSCHWERE ENTSCHEIDUNG

Nan und Pop hatten mir am Tag zuvor von der berühmt-berüchtigten Diebesbande erzählt, die überall im Land Vieh stahl. Die Jindabyne Viehdiebe, wie sie genannt wurden, hatten sich in den letzten achtzehn Monaten Rinder im Wert von über einer Million Dollar unter den Nagel gerissen. Die Polizei hatte keine Ahnung, wo sie steckten. Für jeden Hinweis, der zu ihrer Ergreifung führte, war eine Belohnung von zwanzigtausend Dollar ausgesetzt.

Zwanzigtausend Dollar!

Nachdem ich mühsam meine Reithandschuhe und meinen Rucksack abgestreift hatte, kletterte ich unbeholfen über den Zaun, ehrlich gesagt wälzte ich mich mehr oder weniger hinüber. Dann lief ich humpelnd auf den Viehtransporter zu, der zweihundert Meter entfernt stand. Ich wusste, dass ich die Viehdiebe nicht im Alleingang stoppen konnte, aber ich konnte mir wenigstens das Nummernschild aufschreiben. Der Rest war dann Sache der Polizei.

Ich hatte erst die Hälfte der Koppel überquert und war noch zu weit entfernt, um das Nummernschild entziffern zu können, als Schweineauge mit seinem Motorrad einen weiten Halbkreis fuhr und auf die Straße raste. Der Truck folgte ihm.

Als ich das Gatter erreicht hatte, blieb ich stehen. Ich war völlig außer Atem und der Schweiß lief in Strömen an mir herunter. Eine dicke Kette und ein Vorhängeschloss lagen im Staub zu meinen Füßen. Der Verschlussbügel aus Edelstahl war geknackt worden. Es waren also tatsächlich Viehdiebe.

Ich schloss das Gatter. Pops anderer Bulle, ein alter schwarzer Rodeokämpfer mit Namen Chainsaw, war noch irgendwo auf der Koppel. Wahrscheinlich auf der anderen Seite des Hügels.

Mein Kopf pochte. *Pock, pock, pock.* Doch nach ein paar Sekunden merkte ich, dass das hämmernde Geräusch gar nicht aus meinem Kopf kam.

„Susie!“

Die kleine Palominostute kam die Straße entlanggetrabt. Schweineauge hatte sie weggejagt, aber sie kehrte zu mir zurück. Ich vergaß meine Schmerzen und blauen Flecken, schlüpfte durch das Gatter und humpelte hastig auf sie zu.

„Ruhig, Susie“, sagte ich.

Susie schüttelte den Kopf und schnaubte. Der Wespenstich im Ohr machte ihr immer noch zu schaffen. Ich strich ihr über den Hals und sprach mit sanfter Stimme auf sie ein. Dann setzte ich den linken Fuß in den Steigbügel und schwang mich vorsichtig in den Sattel. Ich war vorher noch nie allein aufgesessen. Susie blieb vertrauensvoll stehen, als hätte ich Ahnung von dem, was ich tat. Als hätte ich alles im Griff. Ich tätschelte ihr den Hals.

„Gutes Mädchen“, lobte ich sie.

Ich stand vor einer schwierigen Entscheidung. In welche Richtung sollte ich reiten? Zurück zum Hof, damit Nan die Polizei rufen konnte? Oder zur Hochweide, was wesentlich näher war, um Pop zu berichten, was passiert war? Er hatte bestimmt sein Handy dabei, aber das Funksignal war in dieser entlegenen Ecke der Berge nicht immer zuverlässig, sodass er vielleicht nicht zur Polizei durchkommen würde. Blieb immer noch sein Geländewagen mit Allradantrieb. Damit konnten wir die Viehdiebe verfolgen. Aber wahrscheinlich würden wir sie nicht mehr rechtzeitig einholen. Die Kerle hätten dann schon mindestens eine halbe Stunde Vorsprung.

Es gab noch eine dritte Möglichkeit. Ich blickte zur Linie der Strommasten hinüber, die sich entlang der Flanke des Copperhead Mountain in die Höhe zog. Unter ihnen war ein behelfsmäßiger Pfad in den Wald geschlagen geworden, damit die hohen Metallmasten zugänglich waren und die Bäume nicht die Leitungen berührten. Laut Pop war dies eine Abkürzung zur Schnellstraße, die durchs Gebirge führte.

„Wenn du nichts gegen ein bisschen Bergsteigen hast, kannst du ganze fünfunddreißig Kilometer sparen, indem du über den Copperhead kletterst, anstatt außen herum zu reiten", hatte Pop eine Woche zuvor gewitzelt, als er und Nan mich vom Flughafen abholten.

Ich rechnete es schnell im Kopf durch. Nans und Pops Farm liegt hoch oben in den Bergen. Die einzige Zufahrtstraße ist die Corcoran Road, eine unbefestigte Schotterpiste, die sich in vielen Windungen zurück in die Außenwelt schlängelt. Ein Viehtransporter mit einem ausgewachsenen Bullen an Bord konnte darauf unmöglich mehr als fünfzig Stundenkilometer fahren. Das verschaffte mir ungefähr vierzig Minuten, um den Berg zu überqueren und den Viehdieben auf der anderen Seite den Weg abzuschneiden. Ich hatte keine Ahnung, was ich tun sollte, wenn ich sie einholte. Zumindest würde ich so das Kennzeichen des Trucks bekommen – und das des Motorrads, falls es eins hatte. Blieb nur das kleine Problem, dass ich zuerst den Copperhead Mountain überqueren musste, die lang gezogene zerklüftete Felswand, die drei Viertel des Himmels im Westen verdeckte.

„Susie", murmelte ich, „wie gut bist du im Klettern?"

4
LAWINE!

Susie war sehr gut im Klettern. Und das musste sie auch sein. Der Zugangsweg für die Wartung der Leitungsmasten war nämlich eine echte Herausforderung. Er war zugewuchert und unglaublich steil. Eine vierzig Meter breite Schneise, die durch den majestätischen alten Baumbestand des Waldes schnitt und an der Bergflanke steil nach oben führte.

Die ersten fünf- oder sechshundert Meter lief es gar nicht so schlecht. Im Zickzack kämpften wir uns langsam bergauf. Susie suchte sich vorsichtig einen Weg durch den kniehohen Adlerfarn, der zwischen Felsbrocken, Baumstümpfen und verrottenden Blätterhaufen wuchs. Indem ich mich nach vorn lehnte und den Großteil meines Gewichts auf die Steigbügel verlagerte, so wie Nan es mir beigebracht hatte, gelang es mir mehr oder weniger, die Stute zu dirigieren – wenn man nicht mitzählte, dass ich ein paarmal hinten vom Sattel rutschte. Dann kamen wir zu einem Felssturz.

Ein zehn Meter breites Band aus Geröll, Felsen und lockerer Erde lag vor uns, das instabil und gefährlich aussah. Aber man konnte es nicht umgehen. Susie blieb stehen und drehte den Kopf, als wollte sie sagen: „Und jetzt, Chef?"

Ich fühlte mich überhaupt nicht chefmäßig. Unsicher blickte ich den Berg hinauf. Wir waren nur noch ungefähr einhundertfünfzig Meter vom Horizont entfernt, aber die Steigung verlief beinahe senkrecht. So nah und doch so weit entfernt. Ich wunderte mich kurz über die merkwürdigen bräunlichen Zirruswolken hoch über uns und suchte dann nach einem anderen Aufstieg. Die einzige Alternative war, es mit der gegenüberliegenden Seite des Zugangswegs zu versuchen. Um dorthin zu kommen, mussten wir jedoch den nächstgelegenen Strommasten umrunden. Das bedeutete, den Weg, den wir gekommen waren, mindestens sechzig Meter zurückzugehen und dabei wertvolle Höhenmeter zu verlieren. Ich sah auf meine Uhr. Wir waren schon zwanzig Minuten unterwegs. Wir hatten keine Zeit, uns hier noch länger aufzuhalten.

„Ha!", rief ich und trieb Susie an.

Kaum hatte die kleine Stute einen Huf auf den Felssturz gesetzt, lief alles schief. Ein Stein löste sich unter einem ihrer Hufe und brachte dadurch einen Schwall Erde und Kieselsteine ins Rutschen. Susie plumpste unbeholfen auf den Hintern. Als sie versuchte aufzustehen, stürzte sie erneut. Ihre strampelnden Hufe fanden in dem prasselnden Strom aus Schotter, Steinen und rutschender Erde kaum Halt. Sie wieherte und begann verzweifelt, mit großen Sprüngen über den Felssturz zu setzen. Das war zu viel für mich. Ich konnte mich nicht länger festhalten. Bevor ich wusste, wie mir geschah, fand ich mich kopfüber in der Luft baumelnd wieder, den rechten Fuß im Steigbügel verfangen. Für ein paar schreckliche Sekunden wurde ich mitgeschleift und mein Helm scharrte und holperte über das Geröll. Susies immer wieder ausgleitende Hufe donnerten dabei gefährlich nah an meinem Kopf vorbei. Dann glitt mein Fuß aus dem Stiefel und ich war frei. Ich kullerte noch ungefähr fünf Meter weiter und wurde dann von einem Baumstumpf gebremst. Als ich aufblickte, schlitterte Susie mit der Hinterhand zuerst auf mich zu. Sie würde mich zerquetschen! Im letzten Moment gelang es ihr, die Hufe in den Boden zu stemmen und ihre Rutschpartie zu bremsen. Eine Mini-Lawine aus Erde und Steinen polterte weiter hangabwärts und begrub mich halb unter sich.

Schottersteinchen aushustend und halb blind vom Staub buddelte ich mich wieder aus. Ein paar Meter entfernt, fast genau über mir, versuchte Susie, auf dem fast senkrechten Gefälle Halt zu finden. Obwohl sie bis zu den Fesseln einsank, hörte sie nicht auf zu strampeln. Bei jedem Tritt ging ein Schauer aus Steinen, Erde und Staub auf mich nieder. Ich rollte mich zur Seite, krabbelte auf allen vieren den steilen Hang hinauf und packte sie am Zaumzeug.

„Ruhig", keuchte ich. „Ganz ruhig, Susie."

Für einen Moment beruhigte sie sich tatsächlich. Ihre panisch verdrehten Augen rollten zurück in die Normalposition und sie sah mich an. Ich streichelte ihren schmutz- und schweißverklebten Kopf. „Wir kommen hier wieder raus, wenn wir ganz cool bleiben", sagte ich mehr zu mir als zu Susie.

Plötzlich gab es ein rumpelndes Geräusch. Der Boden erzitterte. Als ich aufsah, bot sich mir ein unglaublicher Anblick. Ganze Bäume bewegten sich! Wir hatten eine Lawine ausgelöst.

Ein Felsen donnerte so dicht vorbei, dass ich den Luftzug spüren konnte. Weitere große Brocken polterten genau auf uns zu. Susie stieß ein schrilles Wiehern aus, bäumte sich auf und verlor das Gleichgewicht. Unerträglich langsam kippte sie um, landete auf dem Rücken und strampelte wild mit den Beinen. Der Boden unter ihr geriet in Bewegung. Ein Teil des Berghangs glitt hinunter ins Tal und riss Susie mit sich. Die kleine Stute entfernte sich von mir, als sie auf dem Rücken den Abhang hinunterrutschte. Ich stand wie versteinert da.

Meine Gedanken schienen nur noch in Zeitlupe zu funktionieren.

Das war alles meine Schuld. Ich hatte ihr das eingebrockt. Wenn Susie starb, war ich ganz allein dafür verantwortlich.

Mit einem großen Sprung hechtete ich über den wegrutschenden Hang und schaffte es, Susies Zügel zu packen. Dabei traf mich ein herabstürzender Felsbrocken an der Hüfte. Ohne auf den Schmerz zu achten, stemmte ich mich gegen Susies Gewicht und zog sie herum, bis die Erdanziehungskraft griff und sie wieder auf die Hufe beförderte. Mit weit geblähten Nüstern und vor Angst weit aufgerissenen Augen trat das panische Pferd um sich und suchte verzweifelt nach Halt.

„Langsam, Susie“, rief ich und wich gleichzeitig einem weiteren herabstürzenden Felsbrocken aus. Ich hielt ihre Zügel ganz fest. Obwohl ich innerlich zitterte, versuchte ich meine Stimme beruhigend klingen zu lassen. „Komm, folge mir.“

Ich führte die Stute im rechten Winkel zu dem rumpelnden, sich talwärts bewegenden Hang. Es war höllisch schwer, sich auf den Beinen zu halten. Ständig rutschte ich mit den Füßen weg und glitt aus. Beim Sturz von Susies Rücken hatte ich einen meiner Stiefel verloren und die scharfkantigen Steine bohrten sich nun durch die Socke hindurch. Weitere Felsbrocken donnerten vorbei. Baumstümpfe wackelten. Plötzlich tat sich ein tiefer Spalt vor unseren Füßen auf. Ohne nachzudenken sprangen wir hinüber. Keine Sekunde zu früh. Wo noch einen Moment zuvor der Spalt gewesen war, wälzte sich nun eine tonnenschwere Flut aus Steinen, Geröll und großen Felsbrocken unaufhaltsam ins Tal.

Ich musste Susie nicht weiter anfeuern. Seite an Seite kletterten der kleine Palomino und ich um unser Leben.

5

IN LETZTER SEKUNDE

Irgendwann schafften wir es, wieder festen Boden unter die Füße zu bekommen. Der Berghang hatte aufgehört, sich zu bewegen und eine dichte Staubwolke hing in der Luft.

Susie zitterte am ganzen Leib. Schmutz und Staub verklebten ihr feuchtes Fell. Sie war jetzt ein braunes Pferd. Als ich ihr sanft über die zottelige Mähne streichelte, verfärbten sich meine Hände ebenfalls bräunlich. Sie wieherte leise und stupste mir gegen die Schulter. Es war eine freundliche Geste, aber wegen des steilen Hangs verlor ich fast das Gleichgewicht.

„Hey, immer mit der Ruhe“, sagte ich und prustete

leicht hysterisch los. Wahrscheinlich war ich einfach nur dankbar, noch am Leben zu sein.

Ich betrachtete den Horizont. Die Lawine hatte uns ungefähr fünfzig Meter den Hang hinuntergetragen. Von hier aus waren es noch rund zweihundert Meter bis zum Gipfel. Ein verdammt steiler Aufstieg. Ob ich das mit nur einem Stiefel schaffen würde? Ich beschloss, dass es gehen musste. Nach meiner Schätzung blieben mir nur noch acht bis zehn Minuten, bis der Truck auf der anderen Seite des Copperhead vorbeifuhr. Das war ziemlich knapp, aber vielleicht kam ich ja nah genug heran, um das Kennzeichen zu erkennen. Das war unsere einzige Hoffnung, Kosciusko Rex zurückzubekommen.

Ich dachte keine Sekunde an die zwanzigtausend Dollar Belohnung. Das Einzige, was zählte, war Pops wertvoller Zuchtbulle. Nan war fest davon überzeugt, dass er so viel wert war wie ein Haus!

„Sieh zu, dass du nach Hause kommst, Susie", sagte ich und gab ihr einen Klaps. Traurig sah ich ihr kurz nach, wie sie die Bergflanke hinabkletterte und auf den grünen Streifen Farmland weit unter uns zusteuerte. Aber der letzte Teil des Aufstiegs war einfach zu steil für ein Pferd. Ich nahm meinen Helm ab und hängte ihn an einen Ast.

Ich dachte, ich würde ihn nicht mehr brauchen.

Aber da lag ich falsch.

Es dauerte drei oder vier Minuten, um den Hang zu erklimmen. Es ging fast senkrecht nach oben und ich hatte nur noch einen Stiefel an. Als ich endlich den Gipfel des Bergrückens erreicht hatte, war ich total fertig, schweißüberströmt und unglaublich durstig. Obwohl es noch nicht Mittag war, stieg die Temperatur immer noch. Es fühlte sich an wie vierzig Grad. Warum hatte ich Idiot die Wasserflasche von Susies Sattel nicht mitgenommen? Humpelnd und mit schmerzendem Fuß überquerte ich den schmalen Bergpass und blieb dann wie angewurzelt stehen.

Was war das? Drei oder vier Kilometer links von mir ragte eine gigantische Rauchsäule in die Luft. Wie die pilzförmige Wolke einer atomaren Explosion hing sie über der schimmernden Landschaft. Riesig, reglos und bedrohlich schien sie die Hälfte des Himmels auszufüllen. Ich hatte sie vorher nicht gesehen, weil der Berghang mir die Sicht darauf versperrt hatte. Da es windstill war, erstreckte sich die Säule mehrere Hundert Meter schnurgerade in die Höhe, bis eine leichte Bewegung in den oberen Luftschichten einen schwachen Rauchschleier in meine Richtung schickte. Das erklärte das unheimliche Rot der Sonne und den seltsamen braunen Schatten, der die Landschaft verdüsterte.

Es war ein Buschfeuer, und zwar ein großes. Als ich da so auf dem Gipfel stand und den Rauch betrachtete, lief ein Kribbeln über meine Haut. Ich wusste, dass keine Gefahr bestand – es war zu weit entfernt, um eine Bedrohung darzustellen – aber seine Ausmaße waren beeindruckend. Wäre es näher gewesen, zum Beispiel im Tal unter uns, wäre es ziemlich Furcht einflößend. Ich fragte mich, ob ich ihm dann wohl entkommen könnte.

Die Corcoran Road zog sich als blasser, gewundener Pfad durch den Wald weit unter mir. Bis jetzt war nichts von dem Truck zu sehen. Er war vielleicht noch sechs oder sieben Minuten entfernt.

„Einen Kilometer in fünf Minuten“, dachte ich,

während ich den steilen Zugangsweg betrachtete, der sich auch an dieser Seite den Berg hinunterzog. Es war nicht unmöglich. Die Athleten bei den Olympischen Spielen konnten viereinhalb Kilometer unter vier Minuten laufen. Aber ich war kein Olympiateilnehmer. Und hier ging es die ganze Zeit steil bergab. Wenn ich versuchte zu rennen, würde ich mir mit ziemlicher Wahrscheinlichkeit das Genick brechen. Hinzu kam, dass ich nur einen Stiefel anhatte. Ich würde es nie schaffen, Pops Bullen zu retten.

„Tut mir leid, Rex", murmelte ich und sah mich nach einem schattigen Plätzchen um, wo ich mich ausruhen und ein bisschen abkühlen konnte.

Ich wollte gerade auf einige Eukalyptusbäume zugehen, als ein Sonnenstrahl, der von irgendetwas reflektiert wurde, meine Aufmerksamkeit erregte. Ziemlich weit rechts kam der kleine rechteckige Umriss des Viehtransporters um eine Kurve gekrochen. Das Motorrad fuhr vorneweg. Es sah aus wie ein winziger Punkt. Im nächsten Moment waren beide Fahrzeuge hinter der nächsten Biegung der dicht bewaldeten Bergausläufer verschwunden.

„Wenn ich doch nur fliegen könnte“, dachte ich sehnsüchtig.

Blätter raschelten hinter mir. Ich fuhr herum und erwartete, ein Känguru oder ein Wallaby zu sehen. Stattdessen trabte Susie unter den Bäumen hervor. Sie war mir gefolgt!

„Susie, du bist echt der Hammer“, keuchte ich erstaunt und glücklich. „Du bist buchstäblich in letzter Sekunde gekommen.“

6

VOM RAND DER WELT

Der Ritt den Copperhead hinunter war Wahnsinn! Hätte ich Zeit gehabt, darüber nachzudenken, hätte ich gekniffen. Aber der Anblick des Trucks und Susies unerwartetes Auftauchen ließen mich handeln, ohne über das Risiko nachzudenken.

Die ersten fünfzig oder sechzig Meter fiel der Hang beinahe senkrecht ab. Es fühlte sich an, als würden wir vom Rand der Welt springen. Dann befanden wir uns im freien Fall. Ich lehnte mich weit zurück gegen Susies Rücken und presste meine Knie gegen den Sattel. Mein Magen schien in meinem Brustkorb nach oben zu rutschen, die Augen hatte ich fest zugekniffen. Tiefer und immer tiefer stürzten wir hinab.

Ich spürte einen dumpfen Schlag, der durch meinen ganzen Körper fuhr. Dann noch einen. Als Nächstes eine Folge von Stößen und das Poltern von schlitternden Steinen und fliegenden Hufen. Ich öffnete die Augen. Susie war immer noch auf den Beinen. Und was noch erstaunlicher war – ich befand mich nach wie vor auf ihrem Rücken. Aber nur gerade so. Mein Hintern bekam eine ordentliche Abreibung verpasst. Meine Füße verdrehten sich in den Steigbügeln. Mein Körper und meine Arme wurden unkontrolliert in alle Richtungen geschleudert. Ich konzentrierte mich einzig und allein darauf, im Sattel zu bleiben. Unter mir konnte ich überhaupt nichts sehen. Über mir hatte ich einen perfekten Blick auf den weiten, dunstigen Himmel, der nur alle zehn Sekunden unterbrochen wurde, wenn einer der hoch aufragenden Strommasten vorbeischoss.

Irgendwie schafften wir es. Ich weiß nicht, wie lange wir brauchten, um vom Gipfel des Copperhead Mountain zur Straße zu kommen. Jedenfalls lange genug, dass mein ganzes Leben im Zeitraffer an meinem inneren Auge vorbeigezogen war. Vierzehn Jahre zusammengeballt in tausend Metern freiem Fall. Als ich mich aus dem Sattel schwang und auf wackeligen Beinen auf der Corcoran Road stand, fühlte ich mich benommen und schwindelig.

Es fühlte sich sooooo gut an, endlich wieder festen Boden unter den Füßen zu haben.

Sooooo gut, noch am Leben zu sein.

Über uns säumte eine lang gezogene Staubwolke den Pfad, den wir bei unserem selbstmörderischen Abstieg genommen hatten. Ich war geschockt, als ich sah, wie steil er war. Waren wir wirklich *da* heruntergekommen? Ich tätschelte Susies Schultern, die dunkel von Schmutz und Schweiß waren. Wir zitterten beide am ganzen Körper.

Ich hatte nicht vergessen, warum wir hier waren.

„Was sollen wir jetzt wegen des Trucks unternehmen, Susie?“, fragte ich sie.

Susie antwortete nicht. Nur ihr lauter, keuchender Atem und das Plätschern eines Flüsschens, das in zehn Meter Entfernung unter einer wackeligen Holzbrücke dahinströmte, waren zu hören. Die kleine Stute zog in diese Richtung. Sie hatte Durst.

„Lauf schon", sagte ich und ließ die Zügel los. „Du hast es dir verdient."

Mir blieb keine Zeit, etwas zu trinken. Ich traf eine Entscheidung. Es würde nicht reichen, mir nur das Kennzeichen des Trucks aufzuschreiben. Ich konnte mich nicht einfach im Wald verstecken und zusehen, wie die Viehdiebe vorbeifuhren. Pop würde seinen Preisbullen wahrscheinlich nie wiedersehen, wenn der Truck erst einmal den Highway erreicht hatte. Es war meine Aufgabe, ihn zu stoppen.

Während Susie sich durch das raschelnde Farngestrüpp einen Weg zum Fluss bahnte, humpelte ich auf die Brücke zu, die aus einer sehr einfachen Konstruktion bestand: zwei massive Holzbalken, auf die quer eine Reihe von Bohlen geschraubt worden war. Ein Geländer gab es nicht. Mir fiel wieder ein, dass wir auf dem Weg vom Flughafen zur Farm mehrere dieser Brücken überquert hatten. Die Holzbohlen hatten unter den Rädern des Geländewagens meiner Großeltern lautstark geratteret. Ungefähr in der

Mitte der Brücke fand ich tatsächlich ein Brett, das sich von einer der rostigen Schrauben gelöst hatte. Indem ich das freie Ende hochhob und hin und her bewegte, schaffte ich es, das andere Ende ebenfalls zu lösen. Ich schob die schwere Holzbohle über den Rand der Brücke und ließ sie in den Fluss fallen.

Nun befand sich eine dreißig Zentimeter breite Lücke in der Mitte der Brücke. Aber das reichte noch nicht. Der Truck würde wahrscheinlich einfach so hinüberfahren. Ich rüttelte an den Bohlen zu beiden Seiten der Lücke. Eine von ihnen war ebenfalls lose, aber egal, wie heftig ich auch daran zerrte, die Schrauben hielten. Schwer atmend legte ich eine kurze Pause ein, um mir den Schweiß aus den Augen zu wischen.

In diesem Moment hörte ich es. In einiger Entfernung, kaum lauter als das sanfte Murmeln des Flusses, war das Knattern eines Zweitaktmotors zu hören.

Mir blieb nicht mehr viel Zeit. Ich versuchte noch einmal, das schwere Brett von den Schrauben loszuruckeln. Keine Chance. Ich bekam es einfach nicht ab.

Das Geräusch des Motorrads war jetzt nicht mehr zu überhören. Ich schaute mich um. Die unbefestigte Schotterstraße machte an dieser Stelle eine Biegung und verschwand ungefähr achtzig Meter von der Brücke entfernt hinter einer Wand aus hoch aufragenden Eukalyptusbäumen.

„Denk nach", drängte ich mich. „Es muss doch einen Weg geben."

Plötzlich wusste ich, was ich tun musste. Ich brauchte etwas, um die Holzbohle hochzustemmen. Ich sah mich nach einer Art Brechstange um. Das konnte alles Mögliche sein. Hauptsache, es war lang und stabil genug, um es als Hebel zu benutzen. „Ein Zaunpfahl", dachte ich, während ich versuchte, das Brummen des Motorrads auszublenden, „oder ein schöner dicker Ast."

Eine Bohle!

Kurz darauf platschte ich wie ein Verrückter durch den Fluss. Susie hob ihr tropfendes Maul aus dem Wasser und sah mir zu, wie ich auf der Jagd nach der Holzbohle, die ich eben von der Brücke geworfen hatte, vorbeiwatete. Sie befand sich fünf Meter flussabwärts und hatte sich zwischen einigen moosbedeckten Felsen verfangen. Ich nahm sie auf die Schulter, brach durch das Farngestrüpp und stürmte zum Ende der Brücke.

Das Motorrad klang jetzt schon sehr nah. Hinter seinem durchdringenden Motorengeräusch war das tiefe Brummen des Trucks zu hören. Sie waren schon fast da. Mir blieben höchstens noch zehn Sekunden, bevor sie um die Ecke bogen und mich sahen.

Ich stolperte auf die Brücke, rammte das eine Ende der Holzbohle in die Lücke und lehnte mich mit meinem ganzen Gewicht auf das andere Ende. Geschafft! Das zweite Brett löste sich so mühelos von seinen Schrauben, als wären sie aus Knetgummi.

Das Motorengeräusch dröhnte in meinen Ohren. Ich schleuderte das erste Brett in den Fluss und schnappte mir das zweite. Ohne einen Blick über die Schulter zu werfen, weil ich Angst hatte, was ich dann sehen würde, stürmte ich zum Rand der Brücke. Und sprang.

7
EIN UNGEBETENER GAST

Ich verpasste das Wasser. Es war keine Zeit gewesen, darauf zu achten, wohin ich sprang. *Krach!* Ich landete quer über der Holzbohle und hätte mir mit Sicherheit einige Rippen gebrochen, wenn das dichte Farngestrüpp meine Landung nicht abgefedert hätte. Es tat gemein weh. Stöhnend ließ ich das Brett los, rollte mich unter die Brücke und lag mucksmäuschenstill.

Das Motorrad kam schleudernd auf der Brücke zum Stehen. Es befand sich direkt über meinem Kopf, nicht mehr als einen Meter entfernt. Durch die Spalten zwischen den Holzbohlen konnte ich das Profil der Reifen und die Sohlen von Schweineauges

Stiefeln sehen. Der laute Zweitaktmotor verstummte. Von der Straße her ertönte das Quietschen von Bremsen. Die Tür des Trucks öffnete sich knarzend.

„Was ist denn hier los?", fragte eine Männerstimme.

„Keine Ahnung", sagte Schweineauge. Er war von seinem Motorrad abgestiegen und schaute durch das Loch in der Brücke nach unten. Zum Glück war ich in der Nähe des Ufers, wo er mich nicht sehen konnte. „Jemand hat sich an der Brücke zu schaffen gemacht – hat ein paar Bretter rausgenommen."

Ein zweiter Schatten fiel über die Planken, als der Fahrer des Trucks sich zu seinem Kumpel an das Loch gesellte. Ich hörte, wie im Hintergrund der Motor im Leerlauf vor sich hin tuckerte. „Irgendwelche Rowdys, was meinst du?"

„Nee, nicht so weit hier draußen", erwiderte Schweineauge. „Schätze, da wollte uns jemand stoppen."

„Warum?", fragte der Fahrer des Lkw.

„Na, was glaubst du wohl, Einstein? Haben wir da hinten im Truck vielleicht ein preisgekröntes Stück Vieh?"

„Aber … aber …“, stotterte Einstein. „Das weiß doch keiner.“

„Und was ist mit diesem Jungen auf der Farm? Ist das nicht sein Pferd?“

Oh, oh. Vorsichtig schob ich die Farnwedel zur Seite. Susie stand zehn Meter entfernt und blickte in meine Richtung.

„Schau nicht zu mir rüber!“, hätte ich ihr am liebsten zugerufen. „Damit vermasselst du mir das Spiel!“

Aber das hier war kein Spiel. Das waren Viehdiebe, Verbrecher. Gefährliche Kerle. Schweineauge hatte vorhin schon versucht, mich auszuschalten, als er Susie in den Zaun getrieben hatte. Ich hätte nicht an der Brücke herumhantieren sollen. Wer weiß, was er und Einstein mit mir anstellten, wenn sie mich hier erwischten.

„Das kann nicht dasselbe Pferd sein“, sagte Einstein gerade. „Wir sind doch bestimmt fünfzig Kilometer gefahren.“

„Vielleicht kennt der Kleine eine Abkürzung. Er hat mir erzählt, dass er Corcorans Enkel ist. Bestimmt kennt er sich hier in der Gegend aus.“

„Na warte, wenn ich den in die Finger kriege", knurrte Einstein.

„Vergiss es", sagte Schweineauge. „Er versteckt sich garantiert im Wald. Da finden wir ihn nie." Er senkte die Stimme. „Aber ohne Pferd wird der kleine Klugscheißer einen ziemlich langen Heimweg haben."

Ich hörte das Poltern von Stiefeln. Dann sprang Schweineauge hinunter aufs Flussufer und warf einen Blick unter die Brücke. Er trug immer noch seinen Helm, hatte aber das Visier geöffnet. Für einen Moment dachte ich, er würde mich direkt ansehen. Ich erstarrte. Mein Herzschlag dröhnte so laut in meinen Ohren, dass alles andere übertönt wurde. Ich bereitete mich innerlich darauf vor, jeden Moment aufzuspringen und loszurennen. Aber da ich im Schatten lag und teilweise von dem dichten Farndickicht verborgen war, sah Schweineauge mich nicht. Er wandte sich ab und ging am Ufer des Flüsschens auf Susie zu.

„Hierher, Pferdchen", lockte er mit sanfter Stimme und hielt ihr die Hand hin, als hätte er ein Zuckerstückchen darin. „Komm zu Papi."

Susie hatte offenbar nicht die Absicht, ihn näher an sich heranzulassen. Wahrscheinlich erinnerte sie sich noch an ihr letztes Treffen. Mit einem Schütteln der Mähne, als wollte sie sagen „Vergiss es, Alter", fuhr die kleine Stute herum und galoppierte so schnell den Fluss hinunter, dass das Wasser in hohen, silbrigen Fontänen hinter ihr aufspritzte. Schweineauge jagte ihr fünf oder sechs Schritte hinterher und gab dann auf.

„Vergiss das Pferd", rief Einstein ihm zu. „Lass uns die Brücke reparieren und von hier verschwinden. Ich kann sehen, wo der Kleine eine der Bohlen hingeworfen hat."

Im nächsten Moment kam der massige Fahrer des Trucks auch schon durchs Farngestrüpp gestapft. Er hob die Holzplanke auf, die direkt neben mir lag, und stemmte sie auf die Brücke. Ich hielt die Luft an. Sobald er nach unten sah, würde er mich entdecken. Aber Einstein war voll darauf konzentriert, die Holzbohle in die Lücke einzupassen. Er schaute nach oben, nicht nach unten.

Plötzlich spürte ich ein unerwartetes Gewicht auf

meiner rechten Hand, dann eine langsame, kriechende Bewegung. Wie ich da so flach auf dem Bauch auf einem Bett aus zerdrücktem Farn lag, war meine Hand nur ein paar Zentimeter von meinem Gesicht entfernt. Als ich meinen Blick dorthin wandern ließ, wäre ich vor Schreck fast gestorben. Direkt vor mir saß die größte, hässlichste und furchterregendste Spinne, die ich jemals gesehen hatte.

Ihr brauner, pelziger Körper hatte die Größe einer Maus. Jedes ihrer acht rosa-bräunlichen Beine war so lang – und fast so dick – wie mein kleiner Finger und noch dazu mit roten und grauen Haarbüscheln bedeckt. Das Vieh war beinahe so groß wie meine Hand. Aber das Schlimmste waren seine Giftzähne. Sie waren riesig. Glänzend schwarz und bösartig gekrümmt, sahen sie aus wie Adlerklauen. Sie schwebten so dicht vor meinem Gesicht, dass ich die klare Flüssigkeit sehen konnte, die wie Tautropfen auf den nadelspitzen Enden glitzerte.

Es war eine der vogelfressenden Spinnen, die in diesem Gebiet lebten. Niemand wusste, wie gefährlich sie für den Menschen waren, aber es war allgemein bekannt, dass sie Vögel und Tiere bis zur Größe von Wallabys töteten. Das abstoßende Wesen saß lediglich zehn Zentimeter von meiner Nase entfernt auf meiner Hand. Ich versuchte, nicht auf die giftstrotzenden Zähne zu starren. Zwei Reihen schwarzer Knopfaugen erwiderten meinen Blick.

Ich durfte mich nicht bewegen. Wenn ich es tat, würde Einstein mich entdecken. Aber ich musste wohl trotzdem irgendein Geräusch von mir gegeben haben – ein Keuchen oder ein Stöhnen – das seine Aufmerksamkeit erregte. Plötzlich schloss sich eine große Hand wie ein Schraubstock um meinen anderen Arm.

„Hab dich!“, sagte der massige Viehdieb triumphierend.

8
BLINDFLUG

Ich konnte nur eines tun. Mit einer schnellen Bewegung schleuderte ich die Hand mit der Spinne darauf hoch. Volltreffer! Das Riesenvieh landete auf Einsteins Baseball-Cap. Dort klammerte es sich an den Schirm und baumelte mit seinem schweren, eiförmigen Körper und mindestens vier fetten, wild herumwirbelnden Beinen direkt vor Einsteins Augen. Ein schriller Schrei entschlüpfte seinen Lippen. Er ließ meinen Arm los, richtete sich auf und fuchtelte mit beiden Händen durch die Luft, als wollte er Fliegen verscheuchen. Aber die Spinne dachte gar nicht daran zu verschwinden. Wie in Zeitlupe zog ihr Gewicht die Kappe nach unten und über Einsteins Gesicht. Während er immer noch wirkungslos um sich schlug, trat der dicke Viehdieb, ohne etwas zu sehen, zwei Schritte zurück, verlor das Gleichgewicht und fiel hinterrücks in den Fluss.

Ich sah zu, dass ich wegkam. Ohne einen Blick zurück schoss ich auf der anderen Seite der Brücke hervor und kletterte zur Straße hinauf. Schweineauge, der ein Stück flussabwärts stand, rief mir etwas zu. Ich verstand nicht, was es war. Und es interessierte mich auch nicht. Ich wollte so viel Abstand wie möglich zwischen mich und die beiden Viehdiebe bringen. In meinem Kopf war nur noch Platz für einen einzigen Gedanken. „Rüber zu den Bäumen!", ertönte es in mir. „Lauf rüber zu den Bäumen und versteck dich!"

Ich rannte auf den Wald zu. Das war gar nicht so einfach, weil ich am einen Fuß einen Stiefel und am anderen eine löcherige Socke trug. Der Viehtransporter stand immer noch mitten auf der Straße. Der Motor tuckerte im Leerlauf vor sich hin und die Fahrertür stand sperrangelweit offen. Ich war schon halb daran vorbei, als ein leises Stimmchen in meinem Kopf mich in vollem Lauf stoppte. „Halloooo! Was haben wir denn da?“

Ich machte eine Kehrtwendung und flitzte zurück zum Führerhaus. Bevor ich wusste, was ich tat, hatte ich mich schon in die Fahrerkabine geschwungen und die Tür hinter mir zugeknallt.

Ich hatte noch nie in meinem Leben am Steuer eines Trucks gesessen, aber mein Bruder Nathan hatte mir bei uns zu Hause mit seinem Landcruiser auf einem verlassenen Minengelände das Fahren beigebracht. Einen Lkw zu kutschieren, konnte ja wohl nicht so viel anders sein. Ich trat die Kupplung durch und legte mit dem langen Schaltknüppel den Rückwärtsgang ein. Ein Stück weiter vorn kam Einstein gerade unter der Brücke hervorgestapft. Er trug seine Basecap nicht mehr und sein Gesicht war weiß wie ein Bettlaken. Er schien nicht sehr glücklich darüber zu sein, mich in seinem Truck zu sehen.

Sein Anblick riss mich auch nicht gerade zu Begeisterungsstürmen hin. Ich gab Gas, ließ die Kupplung kommen … und würgte den Motor ab.

„Du hast die Handbremse vergessen“, erinnerte mich die Stimme in meinem Kopf.

Langsam machte ich mir ernsthaft Sorgen. Einstein kam immer näher. Sein bleiches Gesicht färbte sich zusehends rot und in seinen Augen stand der blanke Hass. Schweineauge kletterte hinter ihm aus dem Fluss. Hastig verriegelte ich die Fahrertür, fand auf Anhieb die Leerlaufstellung und drehte den Zündschlüssel. Genau in dem Moment, als der Motor rumpelnd wieder ansprang, hatte Einstein den Truck erreicht. Er packte den Türgriff und zerrte daran. Es war abgeschlossen. Stattdessen begann er, gegen die Scheibe zu hämmern.

„Mach sofort die Tür auf!“, brüllte er.

Hielt er mich für bescheuert?

Schweineauge kam auf der anderen Seite angerannt. Hastig lehnte ich mich über den Sitz und verriegelte auch die Beifahrertür.

Nun hatte ich zu beiden Seiten des Wagens einen wütenden Viehdieb, der auf die Scheibe einschlug und brüllte wie ein Stier. Wenn es einem von beiden gelang hereinzukommen, würde ich eine Menge Ärger kriegen. Als hätte ich nicht schon genug Probleme. Wie sollte ich aus dieser Sache bloß wieder rauskommen? Meine Hände zitterten so sehr, dass ich Schwierigkeiten hatte, die Handbremse zu lösen. Dann haute ich den Rückwärtsgang rein, gab Vollgas und ließ die Kupplung kommen.

Der Truck schoss so heftig rückwärts, dass Schweineauge den Halt verlor und auf die Straße stürzte. Aus dem Laderaum hinter mir drang das Trampeln schwerer Hufe und ich hoffte, dass Rex nichts passiert war. Pops ganzer Stolz würde in den nächsten Minuten allein klarkommen müssen.

Ich versuchte, uns irgendwie auf der Straße zu halten. Das Rückwärtsfahren hatte Nathan mir nämlich leider noch nicht beigebracht. Es war zehnmal schwerer als vorwärtszufahren, besonders mit einem so großen Fahrzeug und der kurvigen Straße, die sich hinter mir wand. Der schwere Truck schlingerte wie verrückt hin und her, während Einstein wie ein übergewichtiger Akrobat am Seitenspiegel baumelte. Sein Gesicht war inzwischen so rot wie eine überreife Tomate. Er brüllte immer wieder, ich solle anhalten. Aber wir wussten beide, dass ich das nicht tun würde. Erst als ich das Gaspedal voll durchtrat, gab er endlich auf und ließ los.

Als er wieder festen Boden unter den Füßen hatte, rannte er mir noch ein paar Schritte hinterher und wurde dann immer langsamer, bis er schließlich stehen blieb. Die Hände in die Hüften gestützt und heftig keuchend, stand er da und sah mir nach. Hinter ihm rannte Schweineauge zurück zur Brücke, wo er sein Motorrad abgestellt hatte.

Währenddessen versuchte ich mich aufs Fahren zu konzentrieren. Ich wünschte mir sehnlichst, ich könnte vorwärts- statt rückwärtsfahren, aber die Straße war zu schmal, um den großen Transporter zu wenden. Zu allem Überfluss hatte Einstein während seiner akrobatischen Einlage auch noch den Seitenspiegel verbogen, sodass ich hinter mir nichts sehen konnte. Ich fuhr also blind. Mit dröhnendem Motor schwankte der Truck wie volltrunken von einer Seite zur anderen. Ich wusste, dass gleich eine Kurve kommen musste.

Fast zu spät fiel mir der Außenspiegel auf der anderen Seite wieder ein. Als ich zu ihm hinüberblickte, sah ich eine Wand aus Bäumen auf mich zuschießen. Ich trat auf die Bremse und lenkte gleichzeitig mit aller Kraft gegen. Der Truck schleuderte bedenklich zur Seite. Wieder war von hinten das Trampeln von Hufen zu hören und dann ein Rums, der den ganzen Wagen erzittern ließ. Sorry, Rex!

Der Motor setzte aus. Für einen Moment konnte ich nichts als aufgewirbelten Staub erkennen. Als er sich gelegt hatte, sah ich im Außenspiegel der Beifahrerseite ein gerades Stück Straße hinter mir. Mehr durch Glück als durch meine Fahrkünste hatte ich den Truck um die Kurve gelenkt.

Von Einstein, Schweineauge und der Brücke war nichts mehr zu sehen. Ich ließ den Motor wieder an, legte den Rückwärtsgang ein und gab Gas.

Die nächste Kurve verlief genau andersherum. Es war eine Linkskurve und auf dieser Seite hatte ich keinen Spiegel. Ich musste die Tür aufmachen und mich weit aus dem Führerhaus auf die Straße lehnen, um zu sehen, wohin ich fuhr. Als ich es gerade zur Hälfte geschafft hatte und mit ungefähr einem halben Kilometer pro Stunde dahinschlich, kamen Schweineauge und Einstein auf dem Motorrad angerauscht. Schweineauge brachte die Maschine in einer Staubwolke zum Stehen. Einstein sprang vom Soziussitz und stürmte auf mich zu. Ich schaffte es gerade noch rechtzeitig, die Tür zu schließen. Wieder setzte der Motor aus. Einstein griff sich einen großen Stein vom Straßenrand und versuchte, die Scheibe auf meiner Seite einzuschlagen. Ein Spinnennetz aus Rissen kroch über das Glas.

„Mach die Tür auf!", brüllte er wütend.

Erschrocken und unfähig, einen klaren Gedanken zu fassen, drehte ich den Schlüssel im Zündschloss und trat das Gaspedal durch. Einstein ließ den Stein fallen und sprang im letzten Moment ab.

Irgendwie schaffte ich es, den Truck im Rückwärtsgang durch die unübersichtliche Kurve zu manövrieren. Ein kurzes Stück gerader Straße tauchte im Rückspiegel auf. Der Schweiß lief in Strömen an mir herab. Ruckelnd bugsierte ich den Lkw die schmale Straße entlang. Im Rückwärtsgang zu fahren, war ganz schön schwer! Und Rex machte mir die Sache nicht gerade leichter. Er randalierte im Laderaum herum, polterte mit den Hufen und warf sich so heftig gegen die Seiten, dass der Truck wie ein Schiff im Sturm hin und her schwankte. Dabei behauptete Pop immer, sein wertvoller Zuchtbulle sei sanft wie ein Lamm. Von wegen!

Die nächste Straßenbiegung war wieder eine Rechtskurve (wenn man rückwärts fuhr, natürlich eine Linkskurve), die ich mithilfe des Außenspiegels auf der Beifahrerseite ganz gut bewältigte. Ich fragte mich gerade, ob ich es schaffen würde, die ganze Strecke bis zu Pop und Nan im Rückwärtsgang zu fahren, als Schweineauge und Einstein mich wieder einholten. Schweineauge lenkte das laut aufjaulende Motorrad direkt vor den Transporter. Die beiden waren höchstens einen Meter vom Kühlergrill entfernt und ihre Köpfe ragten über die lang gezogene schwarze Motorhaube des Trucks. Das Visier von Schweineauges Motorradhelm war staubverschmiert, aber über seiner Schulter war Einsteins Gesicht zu sehen. Wenn Blicke töten könnten, wäre ich auf der Stelle leblos umgefallen.

Plötzlich legte Schweineauge eine Vollbremsung hin. Warum hielt er an? Ich warf einen Blick in den Spiegel.

Bäume! Ich rammte meinen Fuß aufs Bremspedal. Zu spät.

Ein gewaltiger Ruck, gefolgt von einem lauten Krachen, durchlief den Truck. Dann war eine Reihe rumpelnder und scharrender Geräusche zu hören und ich wurde so heftig durchgerüttelt, dass meine Zähne aufeinanderschlugen. Schließlich kam der Truck mit einem dumpfen Rums zum Stillstand und ein dicker, mit Blättern bewachsener Ast landete quer über der Windschutzscheibe. Dann herrschte plötzlich absolute Stille. Mit Ausnahme eines tiefen, wütenden „MUUUH", das aus dem Laderaum hinter mir drang.

9

EINE BÖSE ÜBERRASCHUNG

Während ich in der heißen, staubigen Kabine vor mich hin schwitzte, belauschte ich die beiden Männer.

„Das war's dann wohl", sagte Schweineauge gerade. „Den kriegen wir nie im Leben zurück auf die Straße."

„Und was ist mit dem Bullen?", ertönte Einsteins tiefere Stimme.

„Was soll mit dem Bullen sein? Wir können ihn ja wohl schlecht auf dem Motorradlenker mitnehmen, oder?"

„Aber der Boss hat die Sache doch schon seit Monaten geplant."

„Tja, diesmal hat er's jedenfalls vermasselt", erwiderte Schweineauge wütend. „Ich habe ihm gesagt, wir sollten besser nachts zuschlagen. Nein, nein, hat er gemeint, dienstags ist den ganzen Tag keine Menschenseele auf der Farm. Da sind Corcoran und seine Frau regelmäßig wie ein Uhrwerk in der Stadt. Und was ist passiert? Wir kommen an einem Dienstag und stolpern über einen Jungen auf einem Pferd, der uns einen Strich durch die Rechnung macht!"

Jetzt war mir auch klar, warum Schweineauge so überrascht reagiert hatte, als ich ihm erzählte, dass Pop auf der Hochweide war. Sie hatten gedacht, Nan und Pop wären in der Stadt. Aber meine Großeltern waren diese Woche nicht gefahren, weil ich zu Besuch war. Ich hatte die Pläne der Viehdiebe durchkreuzt.

Einstein sah das genauso. „Warte, bis ich diesen Bengel in die Finger kriege, den werde ich …"

„Vergiss den Jungen", unterbrach ihn Schweineauge. „Lass uns von hier verschwinden, solange wir noch können. Dieser Rauch da gefällt mir überhaupt nicht."

Vom Inneren des Trucks aus konnte ich keinen

Rauch erkennen. Der dicht belaubte Ast quer über der Windschutzscheibe versperrte mir die Sicht. Aber ich wusste, dass Schweineauge über die pilzförmige Wolke redete, die ich vorhin gesehen hatte. Es bestand keine Gefahr. Wären die Viehdiebe auf dem Copperhead Mountain gewesen, hätten sie gesehen, dass das Feuer viel zu weit entfernt war, um eine echte Bedrohung darzustellen. Allerdings war ich heilfroh, dass sie das nicht wussten. Hauptsache, sie machten sich aus dem Staub.

Ich hörte das Knirschen ihrer Schritte, als die Männer am Führerhaus des Trucks vorbeigingen. Einstein blieb noch einmal stehen und drehte sich um. Mit seiner großen Faust donnerte er gegen das zersprungene Glas der Beifahrerscheibe.

„Ich hoffe, es ist ein Buschfeuer", sagte er mit leiser, gemeiner Stimme, „und ich hoffe, du wirst darin geröstet!"

Kurz darauf heulte das Motorrad auf und verschwand dann mit dröhnendem Motor hinter der nächsten Kurve.

Ich wartete zwei oder drei Minuten, bis ich ganz

sicher war, dass die Viehdiebe verschwunden waren. Dann entriegelte ich die Fahrertür und versuchte, sie zu öffnen. Aber sie hatte sich verklemmt. Ich musste hinüberkrabbeln und es bei der anderen Tür probieren. Auf dem Beifahrersitz lag eine Jeansjacke. Wahrscheinlich gehörte sie Einstein. Ich ließ sie liegen und stieg aus.

Um mich herum nichts als Bäume. Der Viehtransporter war von der Straße abgekommen und mit dem Heck voran fünfundzwanzig Meter in den Wald gerauscht. Dabei hatte er mehrere kleine Bäume umgefahren. Ein dicker Ast lag quer über dem Dach der Fahrerkabine. Die Hinterräder waren bis zu den Achsen in einem sumpfigen Flussbett versunken. Kein Wunder, dass Schweineauge und Einstein aufgegeben hatten. Man hätte einen zweiten Truck oder einen Bulldozer gebraucht, um ihn herauszuziehen.

Weil ich wissen wollte, wie es Kosciusko Rex ergangen war, spähte ich zwischen den dicken Holzlatten des Viehpferchs hindurch, aus dem der hintere Teil des Trucks bestand. Ein großes, blutunterlaufenes Auge starrte mich von drinnen an. Ich hörte ein wütendes Schnauben und bekam einen Schwall warmen Bullenatem ins Gesicht. Dann verschwand das Auge. Im nächsten Moment – KRACH! – durchstieß ein kolossales Horn die massive Holzwand des Trucks und verfehlte mich höchstens um zehn Zentimeter. Holzsplitter flogen durch die Gegend. Ich bekam einen solchen Schreck, dass ich zurücktaumelte, das Gleichgewicht verlor und mit dem Hintern unsanft auf dem blätterübersäten Boden landete.

Seit wann hatte Rex denn Hörner? Pops großer weißer Zuchtbulle war eindeutig hornlos. Diese Rasse wurde extra so gezüchtet. Waren vielleicht zwei Rinder im Truck? Ich schlich mich auf die andere Seite und spähte vorsichtig durch eine Lücke in Bodenhöhe. Nein, im Viehtransporter befand sich nur ein Bulle und das war nicht Rex. Es war ein kleineres, nicht ganz so massiges Tier. Und es besaß ein Paar schwere Hörner mit abgeflachter Spitze, die so breit waren wie der Lenker einer Harley Davidson. Diese Hörner hätte ich überall wiedererkannt. Ebenso wie Hunderte von ehemaligen Rodeoreitern im ganzen Land. Sie gehörten Chainsaw, dem fiesesten Rodeobullen aller Zeiten, der jetzt seinen wohlverdienten Ruhestand auf Nans und Pops Hochlandfarm in den australischen Bergen genoss.

Die Viehdiebe hatten den falschen Bullen erwischt!

Während ich wie hypnotisiert in den Pferch starrte, wurde mir klar, was passiert war. Chainsaws Fell war mit getrocknetem hellen Lehm überzogen. Offenbar hatte er sich in dem morastigen Boden in der Nähe des Stausees gesuhlt und sich so von einem schwarzen in einen weißen Bullen verwandelt. Die Viehdiebe hatten den Auftrag bekommen, einen weißen Bullen zu stehlen, und genau das hatten sie getan. Anstatt eines preisgekrönten Charolais Zuchtbullen mit einem fünf Kilometer langen Stammbaum hatten die Dummköpfe einen dahergelaufenen Rodeostier geklaut, der zwar nicht für seine edle Rasse, aber für seinen Jähzorn berühmt war. Eigentlich hatte ich ihnen einen Gefallen getan, indem ich ihnen Chainsaw weggenommen hatte.

Denn jetzt hatte ich ihn am Hals.

10

FEUERREGEN

Ich brauchte vier oder fünf Minuten, um in Stiefel und Socke zur Brücke zurückzuhumpeln. Susie mampfte friedlich das Gras, das unter dem Farnkraut entlang des Flüsschens wuchs. Ich war erleichtert, sie zu sehen, denn ich hatte befürchtet, dass Schweineauge und Einstein sie eingefangen und mitgenommen hatten. (Anscheinend hatten sie nicht gewusst, dass die Palominostute sehr viel mehr wert war als der Bulle.) Aber die Viehdiebe hatten gerade mal so lange Halt gemacht, wie sie brauchten, um die fehlende Holzbohle zu ersetzen, damit sie mit dem Motorrad die Brücke überqueren konnten. Wahrscheinlich hatten sie inzwischen schon die Abzweigung zum Highway erreicht, der durch die Berge führte.

Vorausgesetzt, das Feuer hatte sie nicht gestoppt.

Der Rauch gefiel mir überhaupt nicht. Einsteins Abschiedsworte gingen mir wieder durch den Kopf. „Ich hoffe, es ist ein Buschfeuer und ich hoffe, du wirst darin geröstet!" Der heiße Wind, der vor Kurzem aufgekommen war, trieb den Rauch direkt über uns hinweg. Er verfinsterte den ganzen Himmel. Ich hatte gesehen, dass das Feuer mehrere Kilometer entfernt war. Durch den Wind wirkte es bestimmt schlimmer, als es war. Einsteins Worte waren nur eine leere Drohung gewesen. Ich war sicher nicht in Gefahr.

Ich nahm einen tiefen Schluck aus der Wasserflasche, die an Susies Sattel befestigt war und saß dann auf. Die Stute wirkte ängstlich. Sie legte die Ohren an, warf den Kopf zurück und schnaubte laut. Als ich sie auf den ersten leichten Anstieg unter den Strommasten zutrieb, brach sie zur Seite aus und versuchte, zur Straße zurückzukehren. Das konnte ich ihr nicht verdenken. Wir hatten den Copperhead an diesem Tag schon einmal überquert und das war kein Spaziergang gewesen. Aber ich musste so schnell wie möglich zur Farm meiner Großeltern zurück. Nan und Pop würden sich Sorgen machen. Außerdem musste Pop Chainsaw mit seinem eigenen Truck abholen. Es schien ein verdammt heißer Tag zu werden und der reizbare alte Bulle hatte kein Wasser.

„Tut mir leid, Susie", sagte ich, während ich die nervöse Stute wendete und mit kräftigem Schenkeldruck antrieb. „Ob es dir gefällt oder nicht, wir müssen nochmal über den Berg."

So hatte ich mir das jedenfalls gedacht. Aber wir schafften es nur halb hinauf. Von dort hatte ich einen freien Blick auf den Bergkamm, der parallel zum Copperhead Mountain verlief. Was ich sah, war erschreckend. Das Feuer war viel näher, als ich gedacht hatte. Eine dichte Rauchwand schien aus dem nächstgelegenen Tal aufzusteigen, das nur einen Kilometer entfernt war. Das war unmöglich! Vor ungefähr einer Stunde war es doch noch drei oder vier Kilometer entfernt gewesen. So schnell konnte kein Feuer sein.

Dann bemerkte ich den Luftzug. Heute Morgen war es heiß und windstill gewesen. Mittlerweile blies mir ein böiger Nordwind ins Gesicht, der den beißenden Geruch brennender Eukalyptusbäume mitbrachte. Susie roch es auch. Sie stampfte mit den Hufen und wieherte leise. Ich hielt sie am kurzen Zügel. Obwohl es noch früh am Nachmittag war, hatte sich eine unheimliche Dunkelheit über die Berge gelegt. Die Sonne war eine blasse rötliche Scheibe, die man durch die dichten Rauchschwaden, die über den Himmel trieben, kaum erkennen konnte.

Ich beobachtete ein Ascheflöckchen, das vom Wind auf uns zugetrieben wurde und ein dünnes Band aus bläulichem Rauch hinter sich herzog. Sanft wie eine Feder landete es auf einem trockenen Farnwedel, nicht einmal drei Meter von mir entfernt. Das Farnkraut rauchte einen Moment, dann krümmte es sich und erblühte zu einer lodernden Blume.

Ich rutschte aus dem Sattel und trat die Flamme mit meinem Stiefel aus. Doch bevor ich wieder aufsitzen konnte, sank in fünfzehn Meter Entfernung das nächste Aschestückchen zu Boden. Ich stürmte hin, um es auszutreten. Als ich mich umdrehte, sah ich noch eins. Und noch eins. Überall um mich herum und schneller, als ich sie unschädlich machen konnte, schwebten sie wie ein lautloser roter Schauer vom Himmel.

Es regnete Feuer.

Dann sah ich etwas noch Erschreckenderes. Am Horizont, mehrere Hundert Meter über uns, züngelte eine Schlange hell leuchtender Flammen an einem Eukalyptusbaum empor. Sie wand sich mit atemberaubender Geschwindigkeit durch die Blätter und im nächsten Moment brannte der Wipfel des Baums.

Auf dem Copperhead Mountain war durch den Funkenflug ein Feuer ausgebrochen!

Für ein paar Sekunden war ich wie gelähmt. Reglos stand ich in dem kniehohen Farngestrüpp und sah zu, wie mir der Fluchtweg von dem neuen Brandherd abgeschnitten wurde. Ein Schwarm schwarzer Kakadus flog in großem Bogen über meinen Kopf hinweg. Ihre rauen Schreie rissen mich aus meiner Erstarrung. Hastig schwang ich mich in den Sattel.

„Nichts wie weg, Susie."

Ich trieb die kleine Stute an und ließ sie zurück ins Tal galoppieren.

11
IRRLICHTER

Als wir unten ankamen, hüpfte gerade eine Horde von ungefähr dreißig Kängurus die Corcoran Road entlang. Vom Rauchgeruch aufgeschreckt, beachteten sie uns kaum und flitzten zu beiden Seiten an uns vorbei. Sie kamen uns so nahe, dass eins von ihnen tatsächlich meinen rechten Steigbügel streifte. Ein paar der großen Männchen sprangen so hoch, dass sie mit mir auf Augenhöhe waren.

Susie wollte mit ihnen um die Wette laufen, aber ich hielt sie zurück. Die Kängurus verschwanden mit großen Sprüngen in der Ferne. Ich wünschte ihnen alles Gute. Wenn es irgendjemand schaffte, vor einem

Buschfeuer davonzulaufen, dann wahrscheinlich ein Känguru.

Bei einem Bullen war ich mir da nicht so sicher. Ich ließ Susie auf der Straße zurück, humpelte zum Truck und sprang in das sumpfige Flussbett. Auf der Rückseite des Viehtransporters befand sich eine große Klappe, die sich nach unten öffnete und als Rampe diente. Sie war bei dem Aufprall auf einem dichten Farnbüschel gelandet und dadurch noch einen halben Meter vom Boden entfernt. Das Farnkraut wirkte wie Sprungfedern. Jedes Mal, wenn ich versuchte, die Rampe nach unten zu drücken, federte sie wieder nach oben. Chainsaw erschien mit klappernden Hufen in der Türöffnung und warf mir böse Blicke zu. Ich wich hastig zurück.

„Na komm, Großer", rief ich ihm zu, jederzeit bereit wegzurennen.

Chainsaw setzte einen seiner großen Hufe auf die halb herabgelassene Rampe und blieb stehen, als er merkte, dass sie wackelte. Wenn er nur einen Schritt weiter nach vorne gemacht hätte, wäre die Rampe durch sein Gewicht nach unten gedrückt worden.

Aber der Bulle schüttelte seinen mächtigen Kopf, als wollte er sagen: „Da gehe ich im Leben nicht runter“, und zog sich in den Truck zurück.

Das Seil der Viehdiebe war immer noch um Chainsaws Hals geschlungen. Es baumelte zwischen seinen Vorderbeinen und verschwand mit ihm im Wageninneren. Mithilfe eines langen Stocks schaffte ich es, das Ende zu fassen zu bekommen und zu mir herauszuziehen. Das Seil war stabil und ungefähr acht oder neun Meter lang. Das war mir sehr recht, denn ich wollte so viel Abstand wie möglich zwischen mir und dem Bullen haben. Aber Chainsaw blieb stur. Egal, wie stark ich auch zog, er weigerte sich standhaft, die sichere Ladefläche zu verlassen. Die wackelige Rampe machte ihn nervös.

Zeit für Plan B. Ich durchquerte das Flussbett und versuchte, Chainsaw dazu zu bringen, den Truck neben der Rampe zu verlassen, anstatt sie hinunterzugehen. Von der Ladefläche war es nur ein kurzes Stück bis zum dichten Farnkraut und der Boden war so weich, dass er sich nicht verletzen würde.

„Na los, mach schon!“, feuerte ich ihn an und zerrte mit aller Kraft an dem Seil. „Ich weiß, dass du das kannst. Ich habe Pops Videos gesehen."

In einem von ihnen war Chainsaw so hoch in die Luft gesprungen, dass er den bedauernswerten Cowboy auf seinem Rücken fast in die Erdumlaufbahn katapultiert hätte. Der Mann wurde danach auf einer Trage abtransportiert, was übrigens den meisten Kandidaten passiert war, die versucht hatten, auf Chainsaw zu reiten. Aber diese Zeiten waren längst vorbei. Inzwischen war der großartige alte Kämpfer der Rodeoarena neunzehn Jahre alt. Er wollte mit alldem nichts mehr zu tun haben und das schien auch fürs Springen zu gelten.

„Vielleicht braucht er jemanden auf seinem Rücken, um ihm Beine zu machen", sagte die leise Stimme in meinem Kopf.

„Vergiss es!", konterte ich sofort.

In Chainsaws langer und glanzvoller Karriere hatte es kein Einziger geschafft, die vollen acht Sekunden bis zum Ertönen der Glocke auf seinem Rücken zu bleiben. Vierhundertzwölf Männer hatten es versucht und vierhundertzwölf Männer waren unsanft im Staub gelandet. Ich war nicht besonders scharf darauf, Nummer vierhundertdreizehn zu werden.

Frustriert ließ ich das Seil fallen und zog den Stock zurück. Ich ging um den Truck herum, steckte ihn durch eine der Lücken zwischen den Brettern und pikste Chainsaw damit in den Hintern. Donnerndes Hufgetrappel ertönte, dann ruckte der Stock in meiner Hand. Als ich ihn hastig herauszog, stellte ich fest, dass ich nur noch die Hälfte in der Hand hielt. Ein langes Horn mit abgeflachter Spitze ragte aus dem Spalt und schwenkte bedrohlich hin und her.

„Ich versuche doch nur, dir zu helfen", rief ich frustriert.

Einsteins Worte kamen mir wieder in den Sinn und ich brüllte den Bullen an: „Du willst doch nicht gegrillt werden, oder?"

Ich wollte es jedenfalls nicht. Wie weit das Feuer wohl noch entfernt war? Der heiße Nordwind nahm weiter an Stärke zu. Mit ihm kam der unverkennbare Geruch von Rauch herangeweht. Ein feiner bläulicher Schleier schwebte zwischen den Bäumen hindurch.

Susie, die ich auf der Straße zurückgelassen hatte, hob plötzlich den Kopf. Ein Wallaby flitzte vorbei, aber die Stute beachtete es gar nicht. Sie konzentrierte sich auf etwas, das sich ein Stück die Straße hinauf befand. Sie blähte die Nüstern und stellte die Ohren aufmerksam nach vorne. Ich lauschte auch. Was war das für ein trommelndes Geräusch?

Hufe. Galoppierende Hufe.

In einem donnernden Wirbel raste eine Herde Pferde an uns vorbei. Es waren ungefähr ein Dutzend. Eine bunt zusammengewürfelte Schar aus Braunen, Schimmeln, Füchsen und Schecken. Brumbies! Nan hatte mir erzählt, dass eine Herde der legendären Wildpferde immer noch in den Bergen lebte. Sie und Pop hatten schon seit Jahren vor, sie einzufangen und zu zähmen. Aber sie hatten keine Chance. Die Brumbies waren einfach zu scheu. „Irrlichter", nannte Nan sie immer. Heute hatte das Buschfeuer sie aufgescheucht.

„Susie", schrie ich, während ich zwischen den Bäumen zur Straße rannte. „Komm zurück!"

Doch Nans kleine Stute stürmte den Wildpferden

hinterher. Als ich endlich die Straße erreicht hatte, folgte sie ihnen bereits mit wehender Mähne und fliegenden Steigbügeln. Ich rief noch einmal. Zwecklos. Die Panik ihrer wilden Artgenossen hatte sie angesteckt. Mir blieb nichts anderes übrig als zuzusehen, wie Susie und die Brumbies wie Irrlichter in dem dahintreibenden blauen Rauch verschwanden.

12

DER EINZIGE AUSWEG

Nachdem Susie und die Wildpferde verschwunden waren, bemerkte ich ein heißes, pochendes Gefühl in meinem Fuß. Ich schaute nach unten.

Im ersten Moment wollte ich meinen Augen nicht trauen. Rote Farbe. Warum stand ich in einer roten Pfütze?

„Das ist keine Farbe", informierte mich die leise Stimme in meinem Kopf. „Das ist …"

Ich wurde nicht ohnmächtig, ich setzte mich einfach nur ziemlich schnell mitten auf der Schotterpiste hin.

„… Blut."

Es war mein rechter Fuß – der ohne Stiefel. Behutsam streifte ich die kläglichen Überreste der Socke ab. Viel war nicht mehr davon übrig, nur ein zerfetzter Lumpen aus durchnässter, verfilzter Wolle. Mein Fuß sah übel aus. Er war voller Blut, das mit einer dicken Schicht Staub verklebt war. Ich tupfte mir mit der zerrissenen Socke den Schmutz von der Fußsohle. Das Blut stammte aus einer tiefen Schnittwunde in meiner Ferse und strömte heraus wie dünnflüssige Tomatensoße. Diesmal war ich wirklich kurz davor umzukippen.

„Reiß dich zusammen", kommandierte die Stimme in meinem Kopf. „Das Buschfeuer kommt immer näher. Wenn du nicht schnell handelst, wirst du echt noch gegrillt."

Um laufen zu können, brauchte ich etwas, das ich mir um den Fuß binden konnte. Irgendetwas, um die Blutung zu stoppen. Eine Art Verband. Ich warf einen Blick auf die Socke. Sie war nicht mehr zu gebrauchen, aber sie brachte mich auf eine Idee. Ich zerrte mir den Stiefel vom linken Fuß, zog hastig die gute Socke aus und schlang sie zweimal um meine

Ferse. Dann band ich die Enden wie einen dicken Schnürsenkel über dem Spann zusammen. Es funktionierte nicht. Die Wolle war zu locker gewebt und das Blut durchnässte fast augenblicklich das Gewebe.

Ich begann zu zittern. Der Schock setzte ein. Es fiel mir schwer, einen klaren Gedanken zu fassen. Und noch schwerer, mich auf etwas anderes zu konzentrieren als auf meine wachsende Panik. Ich würde sterben. Das Feuer würde mich erwischen. Oder ich würde verbluten. So oder so – ich war geliefert.

Dann fiel mir Pops Hemd wieder ein. Obwohl es Sommer war, hatte Nan darauf bestanden, dass ich eins seiner langärmligen Farmerhemden anzog. „Um die Sonne abzuhalten", wie sie erklärt hatte. Die Sonne war im Moment mein kleinstes Problem. Sie war fast vollständig hinter den dichten Rauchschwaden verschwunden, die wie Gewitterwolken über mir hingen und den frühen Nachmittag in ein unheimliches braunes Zwielicht tauchten.

Mit fliegenden Fingern knöpfte ich das Hemd auf. „Entschuldige, Pop", dachte ich, als ich mit den Zähnen die Schulternaht lockerte und dann den Ärmel herausriss. Ich band ihn um meinen Fuß. Er schien die Blutung zu stoppen.

Dann zog ich das zerrissene Hemd und meinen Stiefel wieder an, stand auf und belastete vorsichtig meinen Fuß. Es tat weh, wenn ich die Ferse aufsetzte, aber wenn ich auf Zehen ging, war es auszuhalten. Ich humpelte den kleinen Abhang hinunter in Richtung Truck. Nicht weit von der Straße entfernt kam ich an dem zersplitterten Stumpf eines jungen Baums vorbei. Der Viehtransporter hatte ihn kurz über dem Boden abrasiert, sodass mehrere Holzsplitter wie lange, spitze Zähne in die Luft ragten. Einer dieser scharfen Splitter glänzte feucht von Blut. Ich machte einen großen Bogen darum. Noch mehr Unfälle konnte ich mir nicht leisten. Jetzt, wo Susie durchgebrannt war und ich kaum noch laufen konnte, gab es nur noch eine einzige Möglichkeit, um hier rauszukommen.

Ich musste Chainsaw reiten.

13
MUTPROBE

Bullen sind farbenblind. Es ist also völlig egal, mit welchem Tuch man vor ihrer Nase herumwedelt – blau tut es genauso wie rot. Es ist die Bewegung, die sie reizt.

„Yaaah! Yaah! Yaaah!", brüllte ich und fuchtelte mit Einsteins Jeansjacke vor Chainsaws Augen herum. „Jetzt stürz dich doch endlich drauf, du altes Weichei!"

Ich bin nicht mal halb so mutig, oder so dumm, wie man jetzt vielleicht denken könnte, denn ich befand mich natürlich nicht direkt vor dem Bullen. Die Jeansjacke baumelte von einem langen Stock und ich stand neben der Rampe. Falls Chainsaw auf mich losging, konnte ich immer noch unter den Truck hechten. Ich hoffte natürlich, dass das nicht passieren würde. Mein Plan war, ihn so wütend zu machen, dass er der Jacke nachjagte und die Rampe hinunterrannte. Danach konnten wir hoffentlich wieder so tun, als sei nichts gewesen. Mein Leben hing davon ab. Wegen meines verletzten Fußes war ich auf Chainsaw angewiesen. Allein würde ich nicht von hier wegkommen.

Dazu musste ich zuerst den dickköpfigen alten Bullen aus dem Truck scheuchen. Aber der stellte sich stur.

„Chainsaw, jetzt mach schon!“, brüllte ich frustriert.

Mir lief die Zeit weg. Ich konnte das Feuer zwar noch nicht sehen, aber ich konnte es hören: ein entferntes, tiefes Grollen, wie das Meer, das sich an einer felsigen Küste bricht. Der Wind war sengend heiß und voller Rauch, Asche und glühender Holzstückchen. Ganze Vogelscharen flogen krächzend über uns hinweg. Hinter mir bahnte sich ein weiteres Wallaby kopflos einen Weg durch das Farnkraut.

„Yaaah! Yaaah! Yaaah!“ Ich wedelte mit der Jacke

so dicht vor dem Bullen herum, dass sie an einem seiner stumpfen Hörner hängen blieb.

Das löste endlich eine Reaktion aus. Chainsaw ruckte mit der Nase nach oben und zerrte dadurch die Jacke vom Stock. Sie landete genau über seinen Augen. Der Bulle schnaubte und schüttelte den Kopf, aber die Jacke hatte sich an seinen Hörnern verfangen und er konnte sie nicht wieder loswerden. Brüllend vor Wut fuhr Chainsaw herum und krachte mit solcher Wucht gegen die Seitenwand des Trucks, dass das Fahrzeug auf seinen Stoßdämpfern hin und her schaukelte. Um mich herum regnete es Holzsplitter und ich landete rückwärts in einem Büschel Farnkraut. Als ich am Boden lag, konnte ich nicht mehr in den Viehtransporter hineinschauen, aber Chainsaw sah ich trotzdem. Sein riesiger hässlicher Kopf, nun ohne die Jeansjacke, ragte direkt über mir in den rauchgeschwängerten Himmel. Er hatte mit seinen Hörnern die Seitenwand des Trucks durchstoßen!

Chainsaw rollte eins seiner großen Augen nach unten, um einen Blick auf mich zu werfen. Rotz baumelte von seiner Nase. Er atmete schwer. Aus dem Inneren des Transporters ertönte das Poltern und Scharren von Hufen, als der Bulle vergeblich versuchte, seinen Kopf aus dem Loch zu ziehen. Eine der gebrochenen Latten der Holzverkleidung stand nämlich ein Stück heraus und ihr zersplittertes Ende hatte sich wie ein Widerhaken in Chainsaws Hals gebohrt. Je stärker er zog, desto tiefer drang das Holz ein. Der mächtige Bulle saß fest.

Ich kam nicht nahe genug heran, um Chainsaw aus der Falle zu befreien, in die er sich selbst hineinmanövriert hatte. Jedes Mal, wenn ich die Hand ausstreckte, um nach der zerbrochenen Latte zu greifen, rastete er völlig aus, stampfte und brüllte und warf den Kopf hin und her wie ein Fisch im Netz. Der ganze Truck ächzte und schaukelte von einer Seite zur anderen. Nach zwei oder drei Anläufen gab ich auf.

An der Stelle, wo das gesplitterte Holz die Haut durchstoßen hatte, waren Blutflecke auf Chainsaws Hals zu sehen. Er würde sich noch umbringen.

„Ganz ruhig, mein Großer", sagte ich und benutzte den verbliebenen Ärmel, um mir eine Mischung aus Schweiß und Sabber von der Stirn zu wischen. „Wenn du so rumtobst, bringst du dich nur noch mehr in Schwierigkeiten.“

Genau genommen brachte er uns beide damit in Schwierigkeiten. Ein kleines, durch den Funkenflug verursachtes Feuer hatte sich in einem Farndickicht fünfzig Meter den Fluss hinunter entzündet. Es war nur eine Frage von Minuten, bis die Flammen den Truck erreicht hatten. Mir würde nichts anderes übrig bleiben, als davor wegzulaufen. Jetzt, wo ich gesehen hatte, wie aggressiv Chainsaw war, wusste ich, dass ich nie im Leben auf ihm reiten konnte. Wenn sämtliche Rodeoprofis an ihm gescheitert waren, welche Chance hatte ich dann, mich auf seinem Rücken zu halten? Ich war nur ein Junge ohne jegliche Rodeoerfahrung. Bis vor fünf Tagen hatte ich noch nicht mal auf einem Pferd gesessen. Wenn ich dem Buschfeuer entfliehen wollte, musste ich das trotz meines verletzten Fußes allein schaffen. Ich konnte nicht vor den Flammen weglaufen, aber wenn ich Glück hatte, gelang es mir, einen Platz zu finden, der mir Schutz bot. Eine Höhle vielleicht. Oder ich konnte mich in den Fluss legen und ein Schilfrohr als Schnorchel benutzen, während die Feuerfront über mich hinwegzog. Ich humpelte hinunter, um nachzusehen. An dieser Stelle war das Flüsschen nicht tief genug, aber wenn ich ihm weiter flussabwärts folgte …

Ich warf einen Blick über die Schulter. Chainsaws hässlicher Kopf ragte wie eine Jagdtrophäe aus der Seitenwand des Trucks. Ich konnte ihn nicht zurücklassen. Er würde völlig hilflos sein, wenn das Feuer kam. Ich musste ihn da rausholen.

Unbeholfen schwang ich mich auf die Rampe und humpelte in den Laderaum. Als Chainsaw mich hinter sich hörte, verdoppelte er seine Anstrengungen, sich zu befreien. Seine großen Hufe polterten auf den Boden und rutschten immer wieder weg. Er brüllte wütend auf.

„Reiß dich zusammen!", rief ich und brachte mich vor seinen strampelnden Hufen in Sicherheit. „Ich will dir doch nur helfen."

Chainsaw schien den ganzen Truck auszufüllen. Er war vielleicht kleiner als Rex, aber aus der Nähe wirkte er ganz schön massig. Sollte ich das wirklich tun? Hier hinten im Truck hatte ich keine Rückzugsmöglichkeit und konnte zerquetscht werden wie ein Insekt auf der Windschutzscheibe.

Ich benutzte die Latten des Pferchs wie Leitersprossen und kletterte ungeschickt die Seitenwand des Trucks hinauf. Es war kein Problem, die Zehen meines verbundenen Fußes in die schmalen Lücken zu krallen, aber mit dem Stiefel an meinem linken Fuß rutschte ich immer wieder ab. Ich musste mich höllisch konzentrieren, um nicht runterzufallen. Sobald ich die richtige Höhe erreicht hatte, hangelte ich mich seitwärts, bis ich mich direkt über dem zappelnden Tier befand. Es war ein beängstigender Anblick. Chainsaw sah aus wie ein Dinosaurier. Der weiße Lehm war an manchen Stellen abgerieben und enthüllte Flecken von vernarbtem, ledrigem Fell, das mit dicken schwarzen Borsten gesprenkelt war.

Ich ließ mich langsam herab, bis ich mit gegrätschten Beinen über den massigen Schultern des Bullen stand, ohne sie zu berühren. Schweiß tropfte mir in die Augen. Mein Herz klopfte so heftig, dass es mit seinen Schlägen glatt über die Grenzen der Richterskala hinausgeschossen wäre. Vorsichtig setzte ich meine Stiefelsohle auf die gesplitterte Holzlatte, die sich in Chainsaws Hals bohrte, und trat dann mit voller Kraft dagegen.

Drei Dinge passierten nahezu gleichzeitig:

Das Holz gab nach.

Chainsaw zog seinen Kopf aus dem Loch.

Ich rutschte aus und fiel.

14
RODEO

Ich hatte nicht mehr vorgehabt, Chainsaw zu reiten. Mein Plan war, ihn aus seiner selbst verschuldeten Notlage zu befreien und dann über die Seitenwand des Trucks hinauszuklettern. Ich war mir sicher, dass der alte Bulle schon die Rampe hinunterfinden würde, wenn das Feuer nahe genug war. Doch als ich mich jetzt auf Chainsaws Nacken sitzend wiederfand und mit beiden Händen seine riesigen Hörner wie einen Lenker umklammerte, blieb mir keine andere Wahl, als mich festzuhalten und das Beste zu hoffen.

Susie mit einer Wespe im Ohr zu reiten, war der reinste Spaziergang im Vergleich zu dem, was nun folgte. Ich kam mir vor wie im Inneren eines Tornados. Wir drehten uns rasend schnell im Kreis. Chainsaw bockte, schlug aus, schüttelte mich durch, krachte gegen die Seitenwände des Trucks und wirbelte immer wieder wie ein Irrer um die eigene Achse – schneller, immer schneller ... bis ich flog. Ja, flog. Meine Hände rutschten von Chainsaws Hörnern ab. Meine Füße sausten durch den rauchverhangenen Himmel über mir, als würde ich Rad schlagen. Verschwommen nahm ich Bäume, Farnwedel und die Rampe wahr – dann einen von Chainsaws großen Hufen, der wie ein Rammbock heruntersauste.

Knack!

Ein furchtbarer Schmerz explodierte in meinem linken Fuß. Fast wäre ich ohnmächtig geworden. Aber ich kämpfte darum, bei Bewusstsein zu bleiben. Ich wusste, dass mein Leben davon abhing. Ich rollte mich zur Seite, als Chainsaw an mir vorbei die Rampe hinunterdonnerte. Mit einem unterdrückten Schmerzensschrei rappelte ich mich hoch. Mein linker Fuß tat höllisch weh. Ich konnte ihn überhaupt nicht belasten. Aber darüber konnte ich mir später

Gedanken machen. Im Moment war Chainsaw meine einzige Sorge. Wenn er zurückkam, war ich erledigt.

Auf den Zehenspitzen meines rechten Fußes balancierend, drehte ich mich um, um zu sehen, wo er war. Ich seufzte erleichtert auf. Der alte Bulle lief von mir weg. Das Seil schleifte hinter ihm her, während er am Fluss entlang in den blauen Rauch trabte.

„Komm bloß nicht wieder!“, rief ich ihm hinterher. Dann ließ ich mich mit dem Hintern voran auf die Rampe fallen, um einen Blick auf meinen Fuß zu werfen.

Es war ein durchdringender, pochender Schmerz. Mein Stiefel fühlte sich viel zu eng an, als wäre ich plötzlich herausgewachsen. Behutsam zog ich ihn aus. Das tat so weh, dass ich wieder fast in Ohnmacht gefallen wäre. Mein Spann verfärbte sich bereits rot und blau und war deutlich geschwollen. Ich brauchte kein Röntgenbild, um zu wissen, dass mein Fuß gebrochen war.

Ich schleuderte den nutzlosen Stiefel in das Farnkraut neben der Rampe. Ein Fuß durchbohrt, der andere gebrochen. „Das war’s dann wohl“, dachte ich.

In meinem Kopf piepte irgendetwas.

Jetzt hörte ich auch noch Geräusche! Ich sah, wie ein schmutzig braunes Wombat eilig vorbeizockelte, ohne mich eines Blickes zu würdigen. Zwei knallrote Papageien flogen krächzend durch den Rauch. Das Feuer war nun schon ganz nah. Ich hätte versuchen müssen zu fliehen, wie das Wombat, aber ich konnte nicht laufen. Was sollte ich bloß tun?

Wieder hörte ich das Piepen. Durch das gedämpfte Dröhnen des sich nähernden Feuers war es kaum zu hören. Langsam wandte ich den Kopf. Das Geräusch schien aus dem Truck zu kommen, genauer gesagt aus dem Laderaum.

Piep-piep-piep. Piep-piep-piep.

Ein Handy?

Auf allen vieren krabbelte ich die Rampe hinauf. Mitten auf dem schmutzigen Boden lag ein Bündel Jeansstoff. Es war Einsteins Jacke und sie klingelte.

Das Handy war in einer der Brusttaschen. Es war winzig und wog praktisch nichts. Kein Wunder, dass es mir vorhin nicht aufgefallen war. Chainsaw musste daraufgetreten sein oder es gegen die Seitenwand des Trucks geschleudert haben, als er die Jacke über dem Kopf hatte. Das Display war zerbrochen. Trotzdem funktionierte das kleine Gerät nach wie vor. Es trillerte und vibrierte in meiner Hand wie eine zu groß geratene Grille. Ich drückte einen Fingernagel in die Einbuchtung, wo die Sprechtaste sein sollte.

„Adam, habt ihr ihn?", hörte ich eine schwache Männerstimme sagen.

Mein erster Impuls war, dem Anrufer meinen Namen zu sagen und ihn zu bitten, einen Rettungshubschrauber zu schicken. Dann fiel mir wieder ein, mit wem ich da sprach. Einsteins richtiger Name war offenbar Adam und dies war einer seiner Freunde. Er würde mir sicher nicht helfen.

„Adam, bist du da?", fragte der Mann.

Es ist schwer zu erklären, warum ich mich als Einstein ausgab. Ich glaube, ich wollte einfach nicht akzeptieren, dass ich erledigt war. Es sah nicht gut aus für mich, aber irgendwie glaubte ich, dass es einen Ausweg aus dieser Situation geben musste. Und wenn es mir gelang zu entkommen, würde ich die Jindabyne-Viehdiebe vor Gericht bringen.

„Ja, ich bin's", sagte ich mit verstellter Stimme.

„Hast du ihn?"

„Meinst du den Bullen?", fragte ich.

„Natürlich meine ich den Bullen. Hast du ihn?"

„Ja, alles klar. Keine Sorge."

„Warum hast du dich nicht gemeldet?", wollte der Mann wissen. „Mr Cameron wird langsam nervös."

Ich musste mir schnell etwas einfallen lassen. Der Anrufer gehörte offenbar auch zu den Viehdieben und dieser Mr Cameron war anscheinend ihr Boss. Wenn ich so tat, als wäre ich Adam, konnte ich mehr über sie herausfinden. „Wir hatten in den Bergen keinen Empfang", sagte ich mit meiner tiefen Einstein-Stimme. „Von wo rufst du an?"

„Von Blue Horizon Downs. Ich bin schon seit fast einer Stunde hier. Mr Cameron möchte wissen, wann ihr kommt."

Blue Horizon Downs. Das klang wie der Name einer Farm. „Kann nicht mehr lange dauern", brummte ich.

Es entstand eine Pause. „Du klingst so komisch", sagte der Mann.

Ich sprach in die hohle Hand und ließ Wörter aus, als würde die Verbindung ab und zu aussetzen.

„Ja, du auch … ganz abgehackt. Muss dir dringend … etwas Wichtiges … Gib mir Camerons Festnetznummer … rufe von der nächsten … an."

Ich hörte Stimmen im Hintergrund. Dann kam der Mann wieder ans Telefon und gab mir Mr Camerons Nummer. Sie war einfach zu merken, weil sie mit drei vieren endete.

„Bingo!", dachte ich und beendete das Gespräch.

Nun hatte ich schon zwei Namen (drei, wenn man Schweineauge mitzählte), außerdem den der Farm und eine Telefonnummer. Jetzt musste ich diese Informationen nur noch der Polizei liefern und wäre um zwanzigtausend Dollar reicher!

Doch alles Geld der Welt würde mir nicht helfen, dem Buschfeuer zu entkommen. Da Einsteins Handy keine Tastatur hatte, konnte ich damit keine Hilfe holen. Ich warf es beiseite und griff nach der Jeansjacke. Eine glühend heiße Windbö schoss in den Truck. Es kam mir lächerlich vor, bei dieser Hitze eine Jacke anzuziehen, aber bei einem Buschfeuer sollte man möglichst feste Kleidung tragen. Ich knöpfte die Jacke bis zum Kragen zu.

Als ich gerade auf die Rampe zuhumpelte, begann Einsteins Handy erneut zu piepen. Ich blickte dorthin, wo ich es fallen gelassen hatte. Wahrscheinlich war es wieder sein Freund. Ich hatte es eilig – das Feuer klang schon verdammt nah – aber wenn es nun doch jemand anders war?

Jemand, der mir vielleicht helfen konnte. Ich hüpfte unbeholfen zurück zu dem zirpenden Handy.

Das rettete mir das Leben.

Ich hörte ein lautes *Wuuusch*, spürte einen Schwall heiße Luft auf meinem Rücken und plötzlich wurde es im Inneren des Transporters so gleißend hell wie an einem sonnigen Tag am Strand. Durch die Druckwelle des Feuers wurde ich wie ein Crashtest Dummy nach vorne geschleudert. Ich knallte hart auf den Boden und kroch auf dem Bauch zur Vorderwand der Ladefläche. Hinter mir füllte eine gelb lodernde Flammenwand die gesamte Türöffnung aus.

Die Feuerfront hatte mich erreicht. Ich saß in der Falle!

15
FLAMMENHÖLLE

Ich kauerte mich an die Metallwand am vorderen Ende der Ladefläche, so weit wie möglich von den Flammen entfernt. Aber nicht weit genug. Die ungeschützte Haut auf meinem Gesicht und meinen Händen brannte von der gnadenlosen Hitze. Meine Augäpfel fühlten sich an, als würden sie versengt. Es gab nicht genug Sauerstoff. Wie von einem riesigen Staubsauger wurde die Luft aus meinen Lungen gesaugt. Ich war dabei zu ersticken.

Neben mir auf dem schmutzigen Boden piepte das Handy immer noch vor sich hin. Ich schnappte es mir und bohrte einen Fingernagel in die Vertiefung, wo mal die Sprechtaste gewesen war.

„Hilfe!“, keuchte ich. „Ich heiße Sam Fox und ich bin in einem Viehtransporter in der Nähe des Copperhead Mountain gefangen. Um mich herum ist ein Buschfeuer ausgebrochen!“

Für ein paar Sekunden herrschte Stille. Nur das Zischeln und Knacken der Flammen war zu hören. Dann drang eine vertraute tiefe Stimme an mein Ohr.

„Pech für dich, Kleiner. Du hättest deine Nase nicht in Angelegenheiten stecken sollen, die dich nichts angehen.“

Es war Einstein oder Adam, wie ich jetzt wusste. Er und Schweineauge waren anscheinend wohlbehalten bei Mr Cameron angekommen und hatten herausgefunden, dass ich sein Handy hatte.

Ich schnappte verzweifelt nach Luft. Es war fast unmöglich zu reden. „Können Sie mir nicht helfen?“, flüsterte ich.

„Wie sollte ich dir denn helfen?“

„Rufen Sie die Polizei“, keuchte ich und merkte im nächsten Moment, wie lächerlich meine Bitte war. Als ob ausgerechnet ein Viehdieb die Polizei alarmieren würde!

„Ruf sie doch selbst", knurrte Adam und legte auf.

Ich ließ das Handy aus meinen Fingern gleiten. „Das werde ich", schwor ich mir in Gedanken. „Und dann werden sie euch hinter Gittern verrotten lassen."

Mein Atem ging in abgehackten, keuchenden Stößen. Das Feuer verbrauchte den Sauerstoff in der Luft. Durch die Kohlenmonoxidvergiftung wurde mir schwindelig und ich wusste nicht mehr, wo oben und unten war. Mein Kopf war völlig vernebelt. Ich saß in der Falle. Das hintere Ende des Trucks brannte inzwischen lichterloh. Ein gelber Flammenteppich rankte sich an den Holzwänden empor und segelte von dort in den rauchgeschwärzten Himmel. Ich starrte eine Weile darauf, bis mein nach Sauerstoff hungerndes Gehirn mühsam wieder in Gang kam und ich kapierte, dass ich gar nicht gefangen war. Der Viehtransporter war oben offen. Ich konnte hinausklettern.

Ich fühlte mich wie in einem seltsamen Film, wo alles in Zeitlupe ablief. Ein Teil von mir verdrängte die furchtbare Hitze, den Schmerz in meinem gebrochenen Fuß und den Sauerstoffmangel. Mühsam richtete ich mich auf alle viere auf und verteilte dabei mein Gewicht auf die Hände und die Zehen meines rechten Fußes. Die Luft waberte vor Hitze. Ich wusste, dass ich sie nicht einatmen durfte. Der brennend heiße Luftstrom würde meine Kehle und meine Lungen versengen. Deswegen presste ich die Lippen fest zusammen und befahl mir, auch nicht durch die Nase einzuatmen. Meine Brust bebte. Mir wurde schwarz vor Augen und merkwürdige Schatten tanzten durch mein Blickfeld.

Ich drehte mich zur Holzwand in der vorderen Ecke des Viehpferchs. Dann krallte ich meine Finger zwischen die Latten und begann zu klettern.

Als ich oben angekommen war, blickte ich auf das rußgeschwärzte Dach der Fahrerkabine hinab. Der herabgefallene Ast lag noch immer quer darüber, aber wenigstens hatte er kein Feuer gefangen. Zwischen mir und der Straße waren keine Flammen. Nur eine dicke Suppe aus fliegenden Funken, Aschestückchen und wirbelndem blauen Rauch. Die hintere Hälfte des Trucks war inzwischen völlig vom Feuer eingehüllt. Die dichtesten Flammen waren nur noch zwei oder drei Meter entfernt. Der Wind peitschte sie herum wie tödliche gelbe Schlangen. Die Hitze war unglaublich.

Ich rollte mich über die Kante und plumpste durch die Blätter aufs Dach der Fahrerkabine. Ich landete auf meiner rechten Hüfte und Schulter. Meine Ohren schienen nicht mehr zu funktionieren. Gierig schnappte ich nach Luft. Sie war zwar voller Rauch, enthielt aber zumindest Sauerstoff. Ich füllte meine durstigen Lungen. Vier oder fünf Sekunden lag ich einfach nur auf dem Dach des Führerhauses, schnappte nach Luft wie ein Fisch auf dem Trockenen und wartete ab, bis der Sauerstoff das Gift in meinem Blut ersetzt hatte. Plötzlich pfiff es in meinen Ohren und mein Hörvermögen kehrte zurück. Ich roch den Gestank von versengtem Haar. Mein linker Fuß pochte. Mein rechter Fuß fühlte sich durch das Blut ganz klebrig an. Mir tat alles weh, aber immerhin war ich am Leben. Die Flammen befanden sich hinter dem Truck und nicht davor. Es war nur das Feuer, das durch den Funkenflug ausgelöst worden war und das ich vorhin schon bemerkt hatte. Offenbar hatte der Wind es weiter angefacht und dann am Fluss entlanggetrieben. Die eigentliche Feuersbrunst war noch nicht bis hierher vorgedrungen. Ich hatte immer noch die Chance zu entkommen.

Ich schob mich bis zur Kante der Kabine und ließ mich mithilfe des Seitenspiegels auf den Boden rutschen. Dabei passte ich auf, meinen gebrochenen linken Fuß nicht zu belasten. Mein rechter Fuß machte keine Probleme, solange ich nicht mit der verbundenen Ferse auftrat. Ich humpelte zwischen den Bäumen hindurch. Hinter mir toste und prasselte das Feuer, das den Viehtransporter verzehrte. Meine Augen brannten. Ich fühlte mich schwach und angeschlagen und mir war furchtbar schwindelig, aber der Selbsterhaltungstrieb ist ein mächtiger Instinkt. Ich wollte dem Feuer entkommen. Auf keinen Fall würde ich zulassen, dass es mich verschlang.

Ich schaffte es bis zur Straße, dann brach ich erschöpft zusammen.

16

ZU LANGSAM

Ich musste mir etwas einfallen lassen. Und zwar schnell. Was würde mein Bruder Nathan in dieser Situation tun?

Nathan arbeitet als Reiseführer im Northern Territory. Er ist Überlebensexperte. „Lass deine Umgebung für dich arbeiten“, hatte er mal zu mir gesagt. „Der Wald ist dein Freund, nicht dein Feind.“

Heute war er mein Feind, denn er brachte mir das Feuer. Wenn ich hierblieb, würde ich sterben. So viel zu Nathans weisen Worten.

Hinter mir hörte ich ein Rascheln. Ich setzte mich auf und sah einen ein Meter langen Waran an der Straße entlanghuschen, gefolgt von einem kleinen pelzigen Tier – einer Buschratte oder einem Nasenbeutler. Weiter hinten zwischen den Bäumen erklang das dumpfe *dunk dunk dunk* fliehender Wallabys und Kängurus. Der Himmel war übersät mit Vögeln und Fledermäusen und Insekten. Alle bewegten sich in dieselbe Richtung. Weg vom Feuer.

Das war genau richtig.

Mühsam kämpfte ich mich auf die Füße (genauer gesagt auf meinen *Fuß*) und folgte, in der Mitte der Straße humpelnd, den flüchtenden Tieren. Ich hatte noch nicht mal zwanzig Meter zurückgelegt, als ich mich schon wieder hinsetzen und ausruhen musste. Es war aussichtslos. Ich würde es nie im Leben allein schaffen. Nicht auf einem Fuß. Und schon gar nicht auf den Zehen eines Fußes. Das Feuer würde mich in ein paar Hundert Metern einholen, wenn ich vorher nicht vor Erschöpfung tot umfiel. Wahrscheinlich würde ich so oder so sterben, ging es mir durch den Kopf, während ich zusah, wie mich ein Ameisenigel überholte und hastig die Straße entlangwackelte.

Warum hatte ich Susie bloß nicht an einen Baum gebunden? Weil ich zu aufgeregt gewesen war. Weil ich nicht nachgedacht hatte. Wenn ich am Leben bleiben wollte, musste ich meinen Kopf benutzen und mir irgendetwas Cleveres einfallen lassen. Nathans Worte fielen mir wieder ein: „Lass deine Umgebung für dich arbeiten."

Ich stand auf und sah mich um. Bäume, Büsche, Farne, Felsen, herabgefallene Äste …

Herabgefallene Äste!

Ich fand zwei Exemplare mit gegabelten Enden. Einer von beiden war zu lang, deswegen klemmte ich ihn in den schmalen Spalt zwischen zwei jungen Bäumen und bog ihn so lange zur Seite, bis er abbrach. Ich testete es noch einmal. Jetzt war der Ast ein wenig zu kurz, aber es war besser als nichts. Immerhin hatte ich nun ein Paar Krücken.

Es funktionierte. Ich schaffte hundert Meter in einem ganz vernünftigen Tempo und überholte sogar den Ameisenigel. Aber ich war nicht schnell genug. Ich hörte, wie das Brüllen und Knistern des Feuers in meinem Rücken immer lauter wurde. Und ich spürte den glühend heißen Wind wie Drachenatem in meinem Rücken. Der beißende Qualm brannte in meinen Nasenlöchern und reizte die Augen. Er war so dick, dass ich kaum zehn Meter weit sehen konnte.

Dann hörte ich ein anderes Geräusch. Eine Art Trommeln. Ich blieb einfach stehen. Das Geräusch wurde lauter. Plötzlich löste sich eine große, verschwommene Gestalt aus dem Rauch vor mir. Susie! Mein Herz klopfte erleichtert. Nans kleiner Palomino war zu mir zurückgekommen.

Doch da hatte ich mich geirrt. Die Gestalt verwandelte sich nicht in ein galoppierendes Pferd, sondern in einen Bullen. Und der raste mit gefühlt hundert Stundenkilometern auf mich zu.

17

NUMMER VIERHUNDERT-DREIZEHN

Die Zeit schien stillzustehen.

In den ein oder zwei Sekunden, bevor Chainsaw in mich hineinkrachte, schaltete mein Gehirn den Turbo ein und sagte mir unter anderem, dass er in die falsche Richtung stürmte. Der Bulle lief auf das Feuer zu und nicht davor weg. Außerdem fiel mir auf, dass er den Kopf erhoben hatte. Bei einem Angriff hätte er ihn gesenkt. Und er wirkte eher verwirrt als aggressiv.

„Lass deine Umgebung für dich arbeiten", ging es mir wieder durch den Kopf.

Chainsaw sah mich erst im letzten Moment. Er wich zur Seite aus, streifte mich mit voller Wucht und donnerte dann an mir vorbei. Ich wurde einmal um mich selbst gewirbelt. Meine Krücken flogen durch die Luft. Als ich auf die Straße stürzte, verfehlte einer von Chainsaws Hufen, die mit der Wucht eines Vorschlaghammers auf den Asphalt donnerten, meinen Kopf nur um wenige Zentimeter.

Ich bekam kaum mit, wie knapp es gewesen war. Denn neben mir schleifte ein langes Stück Seil durch den Staub. Verzweifelt stürzte ich mich darauf.

Denn das war mir noch durch den Kopf gegangen, während Chainsaw auf mich zustürmte: Der alte Bulle war in Panik und hatte die Orientierung verloren; er wusste nicht, in welche Richtung er laufen musste. *Ich* kannte die richtige Richtung, aber ich konnte kaum laufen. Gemeinsam, mit meinem Hirn und seinen Muskeln, konnten wir es vielleicht schaffen, dem Buschfeuer zu entkommen.

Der Plan war gut, aber die Realität entmutigend. Mir musste das gelingen, woran vierhundertzwölf Rodeoprofis gescheitert waren. Ich musste Chainsaw reiten.

Aber erst einmal musste ich ihn stoppen. Ich packte

das Seil und hielt mich eisern daran fest. Das andere Ende war um den Hals des dahingaloppierenden Bullen geschlungen. Chainsaw wog eine Tonne. Ich wog sechzig Kilo. Das war kein fairer Wettkampf.

Während ich ein paar Meter hinter Chainsaws schaukelndem Hinterteil hergeschleift wurde, wurde er kein bisschen langsamer. Seine tellergroßen Hufe donnerten dicht an meinem Gesicht vorbei. Ich schluckte im wahrsten Sinne des Wortes Staub. Nach kurzer Zeit waren meine Augen so voller Sandkörnchen, dass ich sie zukneifen musste. Meine gesamte Vorderseite brannte durch den Kontakt mit der Straße. Mir wurde heiß und heißer, als meine geliehenen Klamotten – Adams Jacke und Pops Hose – immer dünner und löcheriger wurden. Schon bald würde meine nackte Haut es mit der Schotterstraße aufnehmen müssen. Und das war *definitiv* kein fairer Wettkampf. Ich ließ los.

Ich überschlug mich ein paarmal und blieb liegen. Aber nicht lange. Ich spürte immer noch eine unglaubliche Hitze, aber diese hier war irgendwie anders. Ein lautes knisterndes Dröhnen füllte meine

Ohren. Als ich den Kopf hob, bot sich mir ein schrecklicher Anblick. Eine Flammenwand überragte die Baumwipfel vor mir. Sie war bestimmt fünfzig Meter hoch und schien auf mich zuzurasen. Die Hitze war unglaublich. Als ich aufstand, warf sie mich fast um.

Chainsaw war zehn Meter die Straße hinauf stehen geblieben, also zehn Meter näher an der Feuerfront. Er rührte sich nicht und betrachtete die sich nähernden Flammen. Dann wandte er den Kopf und sah mich an. Seine Augen waren rot und halb geschlossen. Dicke Tränen tropften herab. Plötzlich kapierte ich, was mit ihm los war. Er war von dem Rauch nahezu blind. Kein Wunder, dass er so verwirrt und orientierungslos gewirkt hatte. Ich humpelte auf ihn zu und redete dabei beruhigend auf ihn ein. Chainsaw ließ mich ganz dicht herankommen und erlaubte mir sogar, über seine zitternde Seite zu streichen.

So weit, so gut. Ohne auf die Hitze und den Lärm der sich nähernden Feuerwalze zu achten, nahm ich die Seilschlinge, die um Chainsaws baumstammartigen Hals lag, fest in die Hand. Obwohl er die Ausmaße eines Autos hatte, war er nicht so hoch wie Susie. Dummerweise fehlten Sattel und Steigbügel. „Das ist Wahnsinn“, dachte ich. Aber es war meine einzige Chance.

„Okay, alter Junge, flipp jetzt bloß nicht aus“, murmelte ich nervös. Dann hievte ich mich unbeholfen auf Chainsaws Rücken.

Keine Reaktion. Er blieb einfach stehen, als ich mich an ihm hochhangelte und in Reitposition brachte, die Beine weit gespreizt wie ein Elefantentreiber. Das Seil, das um seinen Hals geschlungen war, hielt ich fest in beiden Händen.

„Hüh!“, rief ich.

Chainsaw bewegte sich nicht. Ich saß jetzt schon zehn Sekunden auf seinem Rücken. Das war länger, als es je einem Reiter gelungen war. Aber so, wie es aussah, waren es zehn verschwendete Sekunden. Die Zeit lief uns davon. Die Feuerfront war nur noch rund hundert Meter entfernt. Ich sah, wie ein Baum umkippte und einen Schwall lodernder Äste und brennender Rinde in alle Richtungen schleuderte.

„Komm schon, Chainsaw, schwing die Hufe!"

Ich bohrte ihm die Fersen in die Rippen. Doch das tat nur meinem verletzten Fuß weh. Chainsaw blieb reglos stehen. Außer in der Rodeoarena war er noch nie geritten worden und wusste offenbar nicht, was ich von ihm wollte. Ich stellte den Kragen von Einsteins Jacke auf, um mich gegen die fürchterliche Hitze der näher kommenden Flammen zu schützen. Chainsaw gefiel die Hitze auch nicht besonders, aber sie machte ihm nicht so viel aus wie der Rauch. Seine Augen erinnerten mich an einen tropfenden Wasserhahn. Er zuckte mit einem Ohr und schüttelte energisch den Kopf, um wieder klar sehen zu können.

„Das ist Feuer, Chainsaw!", brüllte ich ihn an. „Du musst davor *weglaufen*!"

Er war neunzehn Jahre alt. Für einen Bullen bedeutete das ungefähr so viel wie hundert Jahre für einen Menschen. Kein Wunder, dass er total durcheinander war.

Der Feuersturm wälzte sich wie ein flammender Tsunami auf uns zu. Wir konnten nicht länger hier herumhängen. Ich zerrte an dem Seil, das wie ein Halsband um Chainsaws Hals geschlungen war, bis ich den Knoten zu fassen bekam. Dann holte ich das lose Ende ein und wickelte es so oft um den Widerrist des Bullen, bis nur noch ein Meter übrig war. Während ich mich mit einer Hand an dem behelfsmäßigen Halfter festhielt, schwang ich mit der anderen das lose Ende wie eine Peitsche und ließ es auf Chainsaws Hinterteil klatschen. Es funktionierte. Der Bulle entfernte sich in gemächlichem Tempo von den Flammen. Aber von Rennen konnte keine Rede sein.

Das Feuer war nur noch fünfzig Meter entfernt. Es röhrte inzwischen so laut wie ein Jumbojet. Die Luft waberte vor Hitze. Und Chainsaw spazierte gemütlich durch die Gegend.

„Jetzt mach doch endlich!", brüllte ich und versuchte wieder, ihn anzutreiben.

Er ging kein bisschen schneller. Verrückter alter Bulle! Merkte er denn nicht, dass wir in dreißig Sekunden gekocht werden würden?

Ein Teil des Feuers hatte uns bereits eingeholt. Nur wenige Meter zu unserer Linken konnte ich die dunklen Umrisse des Trucks ausmachen, der in Flammen stand.

„Hätte ich doch bloß nicht versucht, Chainsaw zu retten“, dachte ich verbittert. Ich hätte auf Susie sitzen bleiben und mich um meine eigenen Angelegenheiten kümmern sollen. Jetzt würde ich wegen eines trotteligen alten Bullen, der zu blöd war, vor einem Buschfeuer wegzurennen …

BUMMM!

18

FEUERWERK

Pop hatte mir erzählt, dass Chainsaw nur eines fürchtete: Feuerwerk.

Irgendein Idiot hatte mal bei einem Rodeo einen Böller in seinen Trailer geworfen. Chainsaw war total durchgedreht. Er hatte den Trailer komplett zerlegt und dann zwei parkende Autos und einen Wohnwagen demoliert.

Sollte ich jemals denjenigen treffen, der damals den Böller geworfen hat, würde ich ihm gerne die Hand schütteln. Denn einem Bullen, der Angst vor Knallern hatte, musste ein explodierender Truck vorkommen wie die Mutter aller Feuerwerkskörper.

Als der Tank in die Luft ging, katapultierte mich

die Druckwelle fast von Chainsaws Rücken. Zum Glück konnte ich mich irgendwie festhalten, denn das Nächste, was ich mitkriegte, war, dass der alte Bulle um sein Leben rannte. Um unser beider Leben. Fort von dem explodierenden Truck und fort von dem Feuerinferno.

Es war ein wilder, holpriger, furchterregender Ritt. Besonders deswegen, weil ich wusste, dass es tödlich gewesen wäre, von Chainsaws Rücken zu fallen. Denn er hätte weder für mich noch für irgendetwas anderes angehalten. Jeder von uns beiden war auf sich allein gestellt. Ich zwängte beide Hände durch sein improvisiertes Halsband und klammerte mich an dem Seil fest.

Schon bald begannen wir, andere Tiere zu überholen. Den Ameisenigel. Einen Koala. Einige Eidechsen, Schlangen, Opossums, Tausendfüßer, Wombats, Leierschwänze. Sogar einen gefleckten Beutelmarder. Es sah aus wie ein Wanderzoo. Diesmal liefen wir alle in dieselbe Richtung. Und wir hatten alle nur eines im Sinn: zu überleben.

Ein kleiner gelb-grüner Vogel aus der Familie der

Honigfresser landete auf Chainsaws Nacken und ließ sich mitnehmen. Andere Vögel hatten nicht so viel Glück. Nahezu erstickt durch den Rauch oder einfach erschöpft, fielen sie vom Himmel und landeten aufgeplustert auf der Straße.

Ich hätte ihnen und den anderen Tieren gerne geholfen. Auf Chainsaw war mehr als genug Platz für weitere Passagiere außer dem Honigfresser und mir. Aber ich konnte nichts tun. Nur die Stärksten, Schnellsten und Klügsten hatten eine Chance zu überleben. Ich hoffte, dass die langsameren Tiere Erdhöhlen fanden, die ihnen Unterschlupf boten, oder Bäche, in die sie flüchten konnten. Und ich hoffte auch, dass die vom Himmel gefallenen Vögel sich wieder in die Luft schwingen würden.

Aber vor allem hoffte ich, dass Chainsaw weiterlaufen würde. Er schnaufte jetzt schon wie eine Dampflok.

Trotz seines Keuchens und Schnaubens konnte ich immer noch das Brüllen des Feuers hören und spürte seine sengende Hitze im Nacken. In den letzten Minuten schien der heiße Nordwind wieder aufgefrischt zu haben, aber vielleicht hatte das Feuer auch einen eigenen Luftstrom entwickelt. Staub und Rauch wirbelten um uns herum. Eine plötzliche Windhose blies den Honigfresser fast von Chainsaws Hals. Für einen Moment hing der geschwächte Vogel kopfüber und mit geschlossenen Augen an einem seiner winzigen, spindeldürren Füßchen und schlug schwach mit den Flügeln.

Ich schnappte mir den Honigfresser und steckte ihn sanft in eine meiner zerfetzten Jackentaschen. Für die anderen Tiere und Vögel konnte ich nichts tun, aber wenigstens diesen kleinen Kerl konnte ich retten. Das hoffte ich jedenfalls. Alles hing jetzt von Chainsaw ab.

Oder etwa doch nicht? Über das Donnern der Flammen hinweg hörte ich plötzlich ein anderes Geräusch.

Dumpa dumpa dumpa dumpa!

Ein Känguru? Nein, es klang lauter, mehr nach einem Motor. Es war ein Geräusch, das ich schon einmal gehört hatte, als mein Leben am seidenen Faden hing.

Ich war gerettet!

19
HELIKOPTER

Chainsaw hörte es auch. Wir blickten beide nach oben. *Dumpa dumpa dumpa dumpa.* Die Luft schien zu vibrieren. Ich ließ mit einer Hand das Seil los, damit ich winken konnte, wenn der Helikopter in Sicht kam.

Aber er kam nicht in Sicht. Das Geräusch schwebte über unsere Köpfe hinweg. Der Hubschrauber war garantiert nicht mehr als fünfzig Meter von der Straße entfernt und trotzdem konnte ich ihn nicht sehen, nicht einmal seinen Schatten. Der Rauch war einfach zu dicht.

„Hey, ich bin hier unten!“, brüllte ich und winkte wie verrückt. „Ich bin hier! Hierher!“

Das hätte ich mir auch sparen können. Wie hätte mich der Pilot bei dem Lärm, den der Helikopter machte, denn hören sollen? Das Rotorengeräusch entfernte sich allmählich.

Schon bald waren nur noch Chainsaws abgehackter Atem und das Tosen der Flammen zu vernehmen. Ich versuchte, meine Enttäuschung zu verdrängen, indem ich mir sagte, dass immerhin jemand nach mir suchte. Nan und Pop hatten mich offenbar als vermisst gemeldet. Jetzt, wo ich wusste, dass eine Suchmannschaft unterwegs war, fühlte ich mich nicht mehr ganz so allein. Der Hubschrauber würde zurückkommen. Es war nur eine Frage der Zeit, bis sie mich fanden.

Bis dahin mussten wir nur ausreichenden Abstand zu der Feuersbrunst halten.

Chainsaw war langsamer geworden und trottete jetzt nur noch dahin. Sein Kopf hing herab und sein Atem ging in abgehackten, keuchenden Stößen. Staub und Ruß verklebten sein verschwitztes Fell. Ich beugte mich vor und tätschelte ihm aufmunternd den Brustkorb, der sich ruckartig hob und senkte.

Armer alter Kerl, er war völlig erledigt. Ich fragte mich, wie lange er wohl noch durchhalten würde. „Zerbrich dir darüber nicht den Kopf", sagte die leise Stimme zu mir. Der Hubschrauber würde uns bald finden.

Uns? Die Besatzung suchte nicht nach *uns*, sie suchte nach *mir*. Chainsaw konnten wir nicht mitnehmen. Das kam mir nicht richtig vor. Der kräftige alte Bulle hatte mir das Leben gerettet. Aber der Hubschrauber konnte ihn unmöglich aus dem Buschfeuer herausholen. Dafür brauchte man ein spezielles Geschirr. Ich würde Chainsaw zurücklassen müssen.

Das war nicht fair.

Nur die Stärksten, Schnellsten und Klügsten überleben. Wenn man davon ausging, hatte Chainsaw sich das Recht zu leben verdient. Er war stärker als ich und schneller. Das waren immerhin schon mal zwei von drei Punkten. Und was die Intelligenz anging, hatte Chainsaw den Job, für den er gezüchtet worden war, besser gemacht als jeder andere Bulle in der Geschichte des australischen Rodeos – vierhundertzwölf Cowboys konnten das bestätigen. Ich hatte es nur geschafft, auf ihm zu reiten, weil er durch den Rauch geblendet und orientierungslos war. Und außerdem war er in Bullenjahren bereits hundert Jahre alt.

„Ich bleibe bei dir, alter Knabe“, sagte ich.

Aber während ich sprach, lauschte ich trotzdem auf den Helikopter.

20

TORNADO!

Letzten Endes musste ich mich gar nicht entscheiden, ob ich bei Chainsaw bleiben oder gerettet werden wollte. Denn der Hubschrauberpilot fand mich nicht. Er suchte nicht mal nach mir.

Zehn Minuten später änderte sich die Windrichtung und in dem Rauch öffnete sich eine Lücke. Ich sah einen blau-weißen Helikopter, der durch den trüben Himmel flog. Unter ihm baumelte an mehreren Stahlseilen eine Art riesiger orangefarbener Eimer, der einen feinen Wasserschleier hinter sich her zog. Der Hubschrauber war gar nicht auf der Suche nach mir. Er versuchte, das Buschfeuer zu löschen.

Die Lücke in dem dichten Rauchvorhang zeigte mir noch etwas anderes. Die Bergrücken zu beiden Seiten – Copperhead zu unserer Rechten und ein niedrigerer, lang gezogener zu unserer Linken – standen vom einen Ende bis zum anderen in Flammen.

Auf einmal wurde mir klar, was passiert war. Angefacht von den stärkeren Winden im Hochland war das Buschfeuer beide Bergkämme entlanggerast und umklammerte nun das Tal, dem wir gerade folgten, mit einer tödlichen Zangenbewegung. Chainsaw und ich befanden uns zwischen den beiden Brandherden. Aber wir saßen nicht in der Falle.

Es gab noch einen Ausweg.

Bis jetzt beschränkte sich der Brand auf die Berghänge. Ein schmaler Streifen unversehrten Waldes erstreckte sich bis zum Eingang des Tals. Wenn wir es bis dorthin schafften, bevor die Flammen sich weiter nach unten fraßen oder die Feuersbrunst uns von hinten einholte, hatten wir vielleicht noch eine Chance.

Auch wenn sie noch so klein war. Chainsaw hatte es geschafft, mehrere Hundert Meter zwischen uns und die lodernden Flammen zu bringen, aber die Anstrengung forderte ihren Tribut. Er war erschöpft. Sein Kopf hing matt herab, sein Atem ging pfeifend und seine Hufe schleiften über den Boden. Trotzdem trottete er immer weiter.

Um uns herum fielen Ruß und glühende Asche wie schwarzer Schnee zu Boden. Inzwischen waren wir die Einzigen auf der Straße. Die anderen Tiere waren verschwunden. Vielleicht waren sie vor uns. Oder tot.

Ich musste auf einmal an Susie denken und fragte mich, ob sie und die Wildpferde wohl in Sicherheit waren. Aber es war schwer, mich auf etwas anderes zu konzentrieren als auf das Feuer. Ich versuchte, das Knistern und Tosen der heranbrausenden Flammen auszublenden. Sie schienen schon wieder nach uns zu greifen. Der Wind auf meinem Rücken fühlte sich glühend heiß an. Meine Augen tränten. Meine Kehle brannte. Ich starb fast vor Durst und fühlte mich geschwächt von der Hitze und der Rauchvergiftung. Für Chainsaw war es bestimmt doppelt so schlimm. Hoffentlich hatte er vor zwanzig Minuten am Fluss noch einmal getrunken. Ich spürte, dass die nächsten zwanzig Minuten über unser Schicksal entscheiden würden – so oder so.

Hinter uns war plötzlich ein lautes Zischen zu hören. Es wurde von einem gigantischen Hitzestoß begleitet, der mich fast von Chainsaws Rücken warf. Als ich mich umdrehte, bot sich mir ein furchtbarer Anblick. Ein Tornado aus züngelnden gelben Flammen raste auf uns zu. Er war so breit wie die Straße und schraubte sich mehrere Hundert Meter in den Himmel, wo er in einer der brodelnden Wolken aus Asche und Rauch verschwand.

Chainsaw hatte die Gefahr offenbar auch erkannt. Er scherte aus, um dem Tornado zu entkommen, und stürmte in den Wald. Ich musste mich ducken, um tief hängenden Ästen auszuweichen. Der Feuerwirbel raste hinter uns die Straße entlang und überschüttete uns mit einem Konfettiregen aus Funken und den lodernden Überresten des Waldes.

Ich klammerte mich an Chainsaws Hals, so wie ich mich vor einigen Stunden an Susie geklammert hatte. Äste, Ranken und Farne flogen an mir vorbei, zerrten an meinen Klamotten und zerkratzten mir

Hände und Beine. Ich konnte mich nicht aufsetzen. Und ich konnte nichts tun, um Chainsaws panische Flucht durch den Wald zu stoppen.

Es schien bergab zu gehen. Der glühend heiße Tornado war irgendwo hinter uns. Durch die Bäume zu meiner Linken sah ich eine gelbe Flammenwand, die auf einer kilometerbreiten Front auf uns zugerauscht kam. Seitdem wir die Straße verlassen hatten, war Chainsaw parallel zur Feuerfront dahingestürmt, anstatt sich von ihr wegzubewegen. Wenn er weiter in diese Richtung lief, würde das Buschfeuer uns in einer Minute eingeholt haben. Vielleicht auch in weniger.

Der alte Bulle hatte total die Orientierung verloren. Er würde uns beide umbringen!

21
RAUS AUS DEM WALD

Erst als ich einen silbernen Schimmer zwischen den Bäumen vor uns sah, merkte ich, dass ich Chainsaw unrecht getan hatte. Er wusste genau, was er tat. Er brachte uns nicht um, er rettete uns das Leben.

Nan und Pop hatten mir vor ein paar Tagen die Abzweigung zum Schnabeltier-Stausee im Vorbeifahren gezeigt. Chainsaw hatte nicht bis zur Abzweigung gewartet. Nachdem er das Wasser von der Corcoran Road aus gerochen hatte, lief er nun auf dem kürzesten Weg darauf zu. Nichts würde ihn aufhalten.

Das Feuer war nun schon sehr nah, höchstens noch vierzig oder fünfzig Meter links von uns, und es näherte sich schnell. Die Luft war voller Rauch und herabregnender Funken. Wir waren bereits an einigen neuen Brandnestern vorbeigerannt. Aber glücklicherweise schützte uns der Wald vor der Hochofenhitze des Hauptfeuers. Trotzdem war es unglaublich heiß. Die Luft flimmerte. Die Umrisse der Bäume wirkten verschwommen und schienen zu flackern. Ich schnappte nach Luft. Mir war übel vor Durst und schwindlig vom Sauerstoffmangel.

Ich umklammerte Chainsaws Hals, schloss die Augen und hoffte, dass wir es rechtzeitig schaffen würden. Der mächtige alte Bulle schnaufte und keuchte unter mir. Er stolperte, fing sich aber gleich wieder und pflügte wie ein Bulldozer auf den Stausee zu.

Wir schafften es. Dank Chainsaw waren wir zehn Sekunden vor dem Feuer dort. Als die Flammen durch die Bäume am Ufer schossen, standen der Bulle und ich zwanzig Meter entfernt im kühlen, morastigen Wasser. Nur unsere Augen und Nasen schauten heraus.

Das Wasser war schlammig, aber das war mir egal. Ich trank und trank. Ein paar Meter von mir entfernt soff Chainsaw wie eine Abwasserpumpe. Es war ein Wunder, dass der Wasserpegel nicht deutlich sank.

Nachdem ich meinen rasenden Durst gestillt hatte, bemerkte ich plötzlich weitere Augen und Nasen um uns herum. Der Stausee war voller Tiere. Da gab es Kängurus, Wallabys, Oppossums, Wombats, Warane. Und Schlangen!

Eine schlängelte sich durch das Wasser auf mich zu, wahrscheinlich auf der Suche nach etwas zum Hinaufklettern. Aber nicht an mir! Als ich sie mit Wasser bespritzte, schwamm sie davon.

Ich sah mich nach Pferden um, konnte aber keine entdecken. Der Stausee war ziemlich groß und dichter Rauch hing über dem Wasser. Möglicherweise waren Susie und die Wildpferde am anderen Ende, wo ich sie nicht sehen konnte. In der Mitte des Sees hatte sich eine Reihe von Vögeln versammelt. Auf einem treibenden Baumstamm hockten Enten, Wasserhühner, Zwergtaucher, Purpurhühner und sogar zwei Reiher. Ich fragte mich, was mit den anderen Vögeln passiert war, die keine Wasserbewohner waren.

Der Honigfresser!

Erschrocken riss ich meine Jeansjacke auf und öffnete die Tasche, in die ich den kleinen grün-gelben Vogel gesteckt hatte. Er kullerte in meine gewölbte Hand, ein schlaffes, nasses Federbündel. Ich hatte nicht mehr an ihn gedacht und jetzt war er tot. Armer kleiner Kerl. Es war nur ein Vogel, aber ich hätte ihn gerne gerettet. Wenn ich heute wenigstens einmal etwas richtig gemacht hätte, wäre dieser Tag keine komplette Katastrophe gewesen.

Ein durchscheinendes Augenlid klappte hoch. Eine winzige Kralle öffnete sich langsam. Der Honigfresser setzte sich in meiner Hand auf und schüttelte seine Federn zurecht. Dann schoss er mit wild flatternden nassen Flügeln dicht über der Wasseroberfläche dahin und ließ sich dann auf einem von Chainsaws Hörnern nieder.

Als ich die beiden so ansah, den Bullen und den Honigfresser, musste ich grinsen. Ich hatte das Gefühl, seit Ewigkeiten nicht mehr gelächelt zu haben. Die letzten Stunden waren mir wie ein ganzes Jahrhundert vorgekommen. Aber nun waren sie vorbei. Ich hatte das Schlimmste hinter mir.

22
MITTEN IM FEUER

Plötzlich hörte ich den Helikopter wieder.

Während das Geräusch stetig lauter wurde, begann mein Herz, aufgeregt zu klopfen. Er kam zum Stausee geflogen! Der Pilot brauchte mehr Wasser, um das Feuer zu bekämpfen, und er wollte seinen Kübel offenbar genau an dem See füllen, in den ich mich geflüchtet hatte. Ich war gerettet!

Durch den dichten Rauch konnte ich den Hubschrauber nicht sehen. Das Buschfeuer hatte den See inzwischen völlig eingeschlossen. Wohin ich auch blickte, loderten gelbe Flammen hoch in den Himmel. Erstickende braune Rauchschwaden trieben aufs Wasser hinaus. Ich hoffte, dass der Pilot zwischen ihnen hindurchfand. Wenn er den See nicht sehen konnte, würde er nicht tiefergehen. Das wäre zu gefährlich.

Dumpa dumpa dumpa dumpa!

Der Hubschrauber kam näher. Er donnerte über den See hinweg und flog direkt über mich hinweg. Ich strengte meine Augen an, sah aber nichts als Rauch. Das Geräusch verschwand nach links, dann hörte ich, wie sich die Rotorblätter schneller drehten, als der Helikopter höher stieg.

„Komm zurück! Er ist hier unten! Der See ist hier!", brüllte ich und wedelte mit Adams Jacke über meinem Kopf, obwohl ich wusste, dass es reine Zeitverschwendung war.

Ich war verzweifelt. Wenn der Helikopter verschwand, würde ich im See festsitzen, bis das Feuer ausgebrannt war. Und dann musste ich mich darauf verlassen, dass Chainsaw mich in Sicherheit brachte. Ich stöhnte bei dem Gedanken, noch einmal auf ihm reiten zu müssen.

Dumpa dumpa dumpa dumpa!

Der Hubschrauber kam zurück. Er war einen Bogen geflogen und schwebte jetzt wieder über dem Stausee. Ein großer Schatten legte sich über den See und mich. Ich spürte einen mächtigen Luftstrom, der auf mein Gesicht und meine nassen Haare einpeitschte. Plötzlich öffnete sich in all dem Rauch ein Sichtfenster, das der Rotor des Helikopters aufgerissen hatte, und der große orangefarbene Wasserbehälter sank baumelnd herab. Er plumpste zwischen mir und der Mitte des Sees ins Wasser. Enten und Wasservögel stoben in alle Richtungen davon.

Der Hubschrauber kam in Sicht. Er schwebte ungefähr dreißig Meter über dem größtenteils eingetauchten Behälter. Es war ein blau-weißer Bell Jet-Ranger – dasselbe Modell, das meine kleine Cousine und mich aus einem krokodilverseuchten Fluss gerettet hatte. Zum Glück gab es hier keine Krokodile. Aber dafür Schlangen. Und ein Buschfeuer. Und einen müden alten Bullen, der aussah, als würde er liebend gern den Rest seines Lebens in diesem See verbringen.

Ich schwenkte Adams Jacke durch die Luft und brüllte mir die Seele aus dem Leib. Aber die Nase des

JetRangers zeigte in die falsche Richtung; der Pilot konnte mich nicht sehen.

Verzweifelt schleuderte ich die Jacke weg und begann, auf den Helikopter zuzuschwimmen. Er durfte nicht ohne mich abheben! Ich hatte zu viel durchgemacht, um jetzt hier zurückgelassen zu werden.

Keuchend erreichte ich den Wasserbehälter und hielt mich mit einer Hand an seinem wackeligen Rand fest. Mit meiner freien Hand winkte ich wie ein Irrer zum JetRanger hinauf. Er war nun direkt über mir.

Ich kam einen winzigen Moment zu spät. Im Boden des Helikopters gab es ein kleines Fenster, durch das der Pilot sehen konnte, wenn er den Wasserbehälter füllte. Aber da dieser bis obenhin voll war, hatte er seine Aufmerksamkeit wieder auf die Instrumente gerichtet. Der Pilot kippte die Nase des Hubschraubers nach vorn und zog ihn dann steil nach oben.

Ich hätte sofort loslassen müssen. Doch als ich merkte, was geschah, war ich schon zwanzig Meter über dem See und baumelte an einer Hand vom

Rand des Wasserbehälters. Es war zu hoch, um mich fallen zu lassen. Während ich mit dem starken Andruck kämpfte, dem ich durch den steilen Anstieg des Helikopters ausgesetzt war, krallte ich mich auch mit der anderen Hand fest, um einen besseren Halt zu haben. Zum Glück hatte ich das getan, denn kaum befanden wir uns über den brennenden Baumwipfeln, flog der Pilot eine scharfe 90-Grad-Kurve, die den Wasserbehälter in einem weiten Bogen ausschwingen ließ, der mir nicht nur den Magen umdrehte, sondern mich auch fast in die Feuersbrunst geschleudert hätte. Gerade so schaffte ich es, mich festzuhalten. Der Wasserbehälter bestand aus schwerem Nylon. Dort, wo ich mich festhielt, war der schmale Rand etwas nach unten gesackt, sodass mir ein ständiger Wasserstrom ins Gesicht schoss. Während ich an den Fingerspitzen zwei- bis dreihundert Meter über dem tobenden Buschfeuer hing, lief ich Gefahr, langsam zu ertrinken.

Der Löschbehälter ähnelte einem umgedrehten Indianertipi und wurde am oberen Ende von einem runden Metallrahmen offen gehalten. An diesem

Rahmen waren vier Stahlkabelseile befestigt, die ihn mit dem Helikopter verbanden.

Ich packte eins der Seile und schwang ein Bein über den Rand des Behälters. Zitternd vor Anstrengung zog ich mich hoch. Als ich gerade auf dem Rand balancierte, rutschte ich mit dem Knie weg und landete kopfüber im Wasser. Prustend und spuckend kam ich wieder hoch und ließ mich atemlos gegen die Wand des Wasserbehälters sinken.

Ich hatte es geschafft! Ich war in Sicherheit. Um mich herum stiegen Luftblasen an die Oberfläche, weil von irgendwo neben meinen Füßen Luft eindrang. Ich kam mir vor wie in einem fliegenden Whirlpool.

Vorsichtig schob ich mein Kinn über den Rand und blinzelte mir das Wasser aus den Augen. Wir hatten die Rauchwolke inzwischen hinter uns gelassen und flogen an einem brennenden Bergkamm entlang. Bei diesem Anblick traf mich die Wahrheit wie ein Hammerschlag. Ich war *nicht* in Sicherheit. Schon bald würde der Pilot seine Wasserladung auf dieses Feuer abwerfen. Und mich gleich mit!

Ich musste irgendwie seine Aufmerksamkeit auf mich lenken, aber wie? Der JetRanger flog schnell und zog den Wasserbehälter hinter sich her. Selbst wenn der Pilot nach unten schaute, konnte er mich nicht sehen.

Mir blieb nichts anderes übrig, als an den Stahlseilen hochzuklettern. War das überhaupt möglich? Würde ich es schaffen, mich nur mit den Händen und meinem nicht gebrochenen, aber dafür übel zugerichteten rechten Fuß daran hochzuhangeln? Ich musste. Mein Leben hing davon ab.

Ich vermied es sorgfältig, nach unten zu sehen, packte zwei der dünnen Stahlseile, setzte die Zehen meines rechten Fußes auf den schmalen Rand des Behälters und stemmte mich aus dem Wasser.

Höhenangst ist etwas, das man nicht unter Kontrolle hat. Man kann in anderer Hinsicht der mutigste Mensch der ganzen Welt sein (zum Beispiel beim Bullenreiten oder wenn es darum geht, riesige Spinnen zu zwingen, als Erste den Blick abzuwenden) und trotzdem ausflippen, wenn man oben auf einer Trittleiter steht. Was Trittleitern angeht, bin ich inzwischen schon ganz gut, aber riesige Wasserbehälter, die an Helikoptern baumeln? Keine Chance. Hier stand ich nun also und balancierte auf den Zehenspitzen eines einzigen Fußes auf dem wackligen Rand des Behälters, meine Hände um zwei dünne Stahlseile gekrampft. Ich hielt mich so fest, dass die Fingerknöchel weiß hervortraten. Der Wind pfiff in meinen Ohren und zerrte an meinen tropfnassen Klamotten. Ich war auf einmal wie gelähmt. Ich konnte weder an den Seilen hoch- noch zurück ins Wasser klettern. Mein Körper war regelrecht erstarrt.

Das Timing war echt mies. Während ich dort auf dem Rand des Wasserbehälters balancierte, zog der Pilot den Helikopter steil nach unten. Mein Magen rebellierte, mein Herzschlag setzte aus.

Ich wusste, dass es keine gute Idee war, aber ich konnte es mir nicht verkneifen, einen Blick nach unten zu werfen.

Oh mein Gott!

Wir stürzten in den Krater eines Vulkans!

Nur dass es kein Vulkan war, sondern eine Schlucht, die in einer Sackgasse endete und vom Feuer eingeschlossen war. Aus meiner Perspektive sah es aus wie der Weltuntergang. Und für mich traf das ja auch zu. Meine Augenlider schienen der einzige Körperteil zu sein, den ich noch unter Kontrolle hatte. Ich klappte sie ganz schnell zu. Es war besser, nicht hinzuschauen.

Hitze. Mir wurde langsam warm. Dann heiß. Die Luft stand in Flammen. Rauch brannte in meinen Nasenlöchern. Ich hörte auf zu atmen. Mein gesamtes System fuhr herunter, mit Ausnahme der kleinen Stimme in meinem Kopf.

„*Ich will nicht sterben!*", kreischte sie.

Im nächsten Moment plumpste mein Magen wieder an seinen eigentlichen Platz zurück. Der Sinkflug hatte aufgehört. Aber das war noch lange kein Grund aufzuatmen. Wir bewegten uns zwar nicht länger nach unten, aber dafür bewegten wir uns jetzt vorwärts. Direkt auf die Quelle dieser unglaublichen Hitze zu. Durch meine Augenlider hindurch sah ich das orangefarbene Glühen.

„Das war's", dachte ich.

Über mir veränderte sich plötzlich das Motorengeräusch, als der Helikopter wieder an Höhe gewann. Mit einem ohrenbetäubenden *Dump dump dump* durchschnitt der Rotor die Luft.

Die Welt kippte und begann, wie ein riesiges Pendel hin und her zu schwingen. Enorme Fliehkräfte packten mich. Ich spürte, wie meine Zehen vom Rand abrutschten und die Stahlseile durch meine Hand glitten. Gleich würde ich fallen …

Entsetzt riss ich die Augen auf.

Ich war *im* Feuer!

Brennende Bäume wirbelten um mich herum. Ich war umgeben von gelben Flammen, Funkenexplosionen und durch die Luft peitschenden, glühend heißen Zweigen. Und doch konnte mir nichts davon etwas anhaben. Ich fühlte mich auf einmal ganz ruhig und merkwürdig gelassen. Es war, als würde ich das Feuer aus einer anderen Dimension betrachten – wie in einem Traum vielleicht. Ich kam mir vor, als befände ich mich unter Wasser in einer riesigen Luftblase und würde von dort das flammende Inferno betrachten – völlig vom Feuer eingeschlossen, aber noch nicht in Flammen aufgegangen.

Twäng!

Ich fiel. Tiefer und immer tiefer stürzte ich, hilflos in meiner Luftblase gefangen, die im Sturzflug nach unten schoss und in einem Wirbel aus Flammen und Funken durch die Bäume raste.

Dann landete ich auf dem Boden. Mit einem Aufprall, der das ganze Universum zum Stillstand zu bringen schien.

23
WIEDER VEREINT

Später erfuhr ich, was genau passiert war.

Der Name des Hubschrauberpiloten war Vin Alison. Er war in die brennende Schlucht geflogen, um dort das Wasser abzuwerfen. Als er durch die Luke im Boden des JetRangers schaute, sah er mich auf der Kante des Behälters balancieren. Dieser Anblick war so unerwartet, so bizarr, dass er ein paar Sekunden brauchte, um die Situation zu erfassen. In diesen paar Sekunden ging alles schief.

Der Helikopter schoss mit ungefähr fünfzig Knoten (das entspricht achtzig Stundenkilometern) in die brennende Schlucht. Vin war im Begriff gewesen, tieferzugehen und mit dem Wasserabwurf zu beginnen, als er mich entdeckte. Nachdem er sich wieder gefasst hatte, flog der JetRanger bereits viel zu tief und raste direkt auf die Flammenwand zu. Vin zog den Hubschrauber steil nach oben, aber es war zu spät. Der Helikopter hatte eine Ladung von fünfhundert Liter Wasser, nicht zu vergessen einen sechzig Kilo schweren blinden Passagier, und gewann einfach nicht schnell genug an Höhe. Der Wasserbehälter knallte in die brennenden Baumwipfel und verhedderte sich in den Zweigen. Als Vin versuchte, ihn zu befreien, verhakten sich die Stahlseile in einer der Landekufen, sodass der Hubschrauber sich beinahe überschlug. Zu diesem Zeitpunkt hielt Vin mich für tot. Er hatte nicht bemerkt, dass ich *in* den Wasserbehälter gefallen war und nicht auf den Boden. Deswegen betätigte er in einem letzten verzweifelten Versuch, sich und den Helikopter zu retten, den Notschalter, mit dem die Kabel ausgeklinkt wurden.

Ich hörte, wie er davonflog. Mir war nicht klar, was passiert war. Das sollte ich erst später herausfinden. Das Wasser in dem Behälter hatte den Aufprall gedämpft. Da saß ich nun also in einem Gewirr von

Stahlseilen und orangefarbenem Nylon und spürte endlich wieder festen Boden unter mir. Ich war unverletzt, abgesehen von meinem puckernden rechten Fuß, der irgendwann seinen provisorischen Verband verloren hatte. Wenigstens hatte er aufgehört zu bluten. Mein gebrochener Fuß war völlig taub und das war mir in dem Moment sehr recht.

Ein brennender Ast landete auf dem nassen Boden neben mir und ließ eine zischende Dampfwolke aufstieben. Erst jetzt drang die bittere Wahrheit zu mir durch. Ich hatte den Sturz aus dem Helikopter überlebt, nur um schon wieder im Buschfeuer zu landen. Über und hinter mir schien der ganze Himmel in Flammen zu stehen, obwohl der Boden um mich herum feucht war und dampfte. Vor mir entdeckte ich eine Öffnung in der Feuerfront. Auf allen vieren krabbelte ich zwischen den schwarzen, rauchenden Baumstämmen hindurch ins Freie.

Ich befand mich in einer schmalen Schlucht. Büsche und kleine Bäume schwelten hier und dort an den steilen Felshängen. Weiter oben kräuselte sich das Feuer gen Himmel. Asche und Funken regneten herab. Bis jetzt schien der Boden der Schlucht von den Flammen verschont geblieben zu sein. Ich benutzte einen Stock als Krücke und humpelte durch das Farnkraut, das mir bis zur Taille reichte. Seltsamerweise fühlten sich die Wedel nass an. Wie konnte das sein? Der Wasserbehälter war mindestens vierzig Meter entfernt, sein Inhalt konnte nie im Leben so weit gespritzt sein.

Ich blieb wie angewurzelt stehen. Steine knirschten. Ein Zweig krachte. Ein Stück vor mir war offenbar etwas in dieser Schlucht.

„Hallo? Ist da jemand?“, rief ich. Als ob sich dort ein Mensch verstecken würde.

Ich hörte ein dumpfes Geräusch, gefolgt von einem leisen Schnauben. Was auch immer es war, es klang ziemlich groß. Nervös warf ich über die Schulter einen Blick auf die brennenden Bäume. Einige Farne an den Seiten der Schlucht rauchten bereits. Ich musste weitergehen.

Bei dem kurzen Blick aus der Luft war mir aufgefallen, dass diese Schlucht in einer Sackgasse endete. Was auch immer sich vor mir befand, es saß in der Falle. Einige Tiere konnten ziemlich gefährlich werden, wenn sie sich in die Ecke gedrängt fühlten. Ich hatte Geschichten von Kängurus gehört, die Menschen angegriffen und ihnen ernsthafte Verletzungen zugefügt hatten. Aber ich konnte nicht umkehren. Nicht mit dem Feuer in meinem Rücken. Ich verdrängte meine Angst und humpelte angespannt weiter.

Wieder Geräusche. Diesmal klang es wie das Scharren von Füßen.

Vorsichtig bog ich einen Farnwedel zur Seite. Nicht mehr als fünf Meter entfernt hob ein zottiges graues Pferd den Kopf und schnaubte. Es trabte die Schlucht hinauf und gesellte sich zu einer Schar von zehn oder elf anderen Pferden, die sich nahe der steil abfallenden Felswand am Ende der Schlucht zusammengedrängt hatten. Brumbies. Zwölf von ihnen. Sie standen reglos da und beobachteten mich mit vor Angst aufgerissenen Augen.

Doch ich interessierte mich nur für eines der Pferde – eine kleine Palominostute, die sich ein Stück abseits von den anderen hielt.

„Susie!“, rief ich.

24
AUF UND DAVON

Noch etwas fand ich erst später heraus.

Vin Alison, der Helikopterpilot, hatte versucht, Susie und die Wildpferde zu retten. Er hatte die eingeschlossene Herde bei einem seiner vorherigen Löschflüge entdeckt. Vin liebte Tiere über alles. Anstatt weiter zum Gipfel des Copperhead Mountain zu fliegen, wo er das Buschfeuer bekämpfen sollte, ließ er seine Wasserladung über den brennenden Bäumen ab, die die Pferde einschlossen. Dann kam er noch zweimal zurück, um die vom Feuer umgebene Schlucht zu löschen. Bei seinem vierten Flug hatte er mich dabei.

Am hinteren Ende der Schlucht befand sich eine

kleine Quelle. Sie war während des langen, heißen Sommers nahezu ausgetrocknet, aber dort, wo das Wasser an der Felswand heruntertropfte und sich unten sammelte, gab es noch einen kleinen Tümpel. Der Geruch des Wassers musste Susie und die Wildpferde angelockt haben, als sie vor dem Brand geflohen waren. Sie waren hintereinander in die Schlucht getrabt und dort eingeschlossen worden.

Insgesamt hatten Vin und sein Helikopter zweitausend Liter Wasser auf die Bäume und das Farngestrüpp am Eingang der Schlucht abgeworfen. Damit hatte er das Feuer zwar aufgehalten, aber nicht gelöscht. Es kroch nun über den Boden der Schlucht, wo das Farnkraut langsam trocknete, und kam wie eine breite gelbe Woge auf uns zu. Schon bald würde es die Farne erreichen, die Vin bei seinen Einsätzen noch nicht gewässert hatte. Die Pferde und ich hatten in diesem Feuersturm keine Überlebenschance. Unsere einzige Hoffnung war, die Schlucht zu verlassen, bevor die Flammen das trockene Farnkraut erreichten. Und es gab nur einen Weg nach draußen – mitten durchs Feuer.

Mein gebrochener Fuß war zu empfindlich, um ihn in den Steigbügel zu setzen, aber das war für jemanden, der einen Bullen ohne Sattel geritten hatte, kein ernsthaftes Hindernis mehr. Ich wendete Susie hinter den Wildpferden und versuchte, sie zum Eingang der Schlucht zu treiben. Aber die Brumbies wollten nicht. Schon nach wenigen Metern scherten sie aus und stoben zu beiden Seiten an uns vorbei. Das konnte ich ihnen nicht verdenken. Zwischen uns und dem Eingang der Schlucht lag ein Flammenmeer. Schon bald würde daraus ein Feuersturm werden und dann gab es kein Entkommen mehr.

Ich versuchte es noch einmal. Schreiend und winkend ritt ich mit Susie hinter den nervösen, fluchtbereiten Wildpferden auf und ab. Langsam begannen sie sich dem Feuer zu nähern. Ich dachte schon, dass wir es schaffen könnten, als der erste der trockenen Farnwedel dicht an der Wand der Schlucht plötzlich aufloderte und eine prasselnde Flammensäule drei Meter hoch in die Luft schoss. Ein oder zwei Wildpferde wieherten erschrocken, dann fuhr die ganze Herde herum und galoppierte an Susie vorbei zurück ins Innere der Schlucht. Wir konnten nichts tun, um sie aufzuhalten.

Ich warf einen besorgten Blick auf den Brandherd. Auch auf der anderen Seite der Schlucht hatte das trockene Farnkraut inzwischen Feuer gefangen. Die Flammen hüpften und prasselten, als sich die beiden Ausläufer rasend schnell aufeinander zubewegten. Ich schätzte, dass uns noch ungefähr eine Minute blieb, bevor sie zusammentreffen und zu einem unüberwindlichen Flächenbrand werden würden.

„Okay, ein letzter Versuch", dachte ich und ritt zu den Wildpferden zurück. Wenn sie wieder ausbrachen, mussten Susie und ich sie ihrem Schicksal überlassen und uns selbst retten.

„Lass deine Umgebung für dich arbeiten", schoss es mir plötzlich wieder durch den Kopf.

Am Eingang der Schlucht hingen lange Pflanzenranken über die Felsen. Ich lehnte mich ein Stück aus dem Sattel, riss eine davon ab und befreite sie mit den Zähnen von den Blättern. Dann schwang ich die vier Meter lange Ranke wie ein Lasso über meinem Kopf und ließ sie mit einer schnellen Bewegung aus dem Handgelenk wie eine Peitsche durch die Luft schnellen. *Klack!* Das Geräusch war so laut wie ein Schuss. Ich versuchte es noch einmal. Diesmal ließ ich die behelfsmäßige Peitsche über dem Kopf des Pferdes knallen, das mir am nächsten war. *Klack!*

Die erschrockenen Brumbies drängten sich dicht zusammen und sahen mich mit panischen Blicken an. Ich johlte laut, knallte noch einmal mit der Ranke und schon stürmten sie los.

Alle Pferde rasten wie ein einziges Tier mit atemberaubendem Tempo durch das brennende Farnkraut. Die Flammen schienen sich vor der großen dahingaloppierenden Bestie zu teilen. Glühende Funken und Erdklumpen flogen durch die Luft. Als wir auf der anderen Seite wieder hinausschossen, ließ ich wieder meine Peitsche knallen. Wir flogen zwischen den rauchenden Stämmen zweier Bäume hindurch, die Vin Alison gelöscht hatte, jagten durch einen Tunnel aus verkohlten Eukalyptusbäumen, deren Kronen immer noch loderten und schwelten, und schossen dann in die raucherfüllte, ausgebrannte Landschaft hinaus.

Wir hatten es geschafft!

25 WIE EIN ECHTER COWBOY

Als wir bald darauf eine Straße erreichten, verlangsamten die erschöpften Tiere ihr Tempo. Ich hielt die Herde weiterhin dicht zusammen. Die Wildpferde waren rußverschmiert, aber keines schien Verbrennungen oder andere Verletzungen erlitten zu haben. Ein oder zwei von ihnen sahen zu mir herüber und schienen sich zu wundern, dass ich auf Susies Rücken saß. Die Brumbies wirkten verloren und unsicher in dieser fremden, geschwärzten Landschaft, die vor dem Brand ihre Heimat gewesen war. Jetzt war kein Fleckchen Grün mehr zu sehen. Es gab nichts für sie zu fressen und sie konnten sich auch nirgendwo verstecken.

Ich knallte mit der Peitsche und trieb die Herde zwischen den schwelenden Bäumen die Straße entlang. Ich wollte sie dorthin bringen, wo es grün war.

Der Wind hatte in der letzten Stunde von Nord auf Ost gewechselt. Von der weiter entfernten Flanke des Copperhead wehte kein Rauch mehr herunter. Ich vermutete, dass Nans und Pops Farm vom Feuer verschont geblieben war.

Wir kamen an einer Abzweigung mit einem völlig verkohlten Straßenschild vorbei. Das Einzige, was ich noch entziffern konnte, war USEE. Aber das reichte, um zu wissen, wo wir waren. Durch die Baumgerippe zu meiner Linken sah ich in einiger Entfernung eine Wasserfläche glitzern. Chainsaw war in Sicherheit, bis Pop mit seinem Viehtransporter kam, um ihn abzuholen. Der andere Truck, den Adam und Schweineauge benutzt hatten, war inzwischen bestimmt völlig zerstört. Genauso wie Adams Handy.

Ich hatte mir Mr Campbells Nummer und den Namen seiner Farm gemerkt. Die Jindabyne Viehdiebe würden bald Besuch von der Polizei bekommen.

Was das Feuer anging, hatte ich recht gehabt.

Durch den Wechsel der Windrichtung war es vom Copperhead Mountain weggetrieben worden. Dadurch hatte es den Weg des Hauptbrandes gekreuzt und eine natürliche Feuerschneise gebildet.

Es war später Nachmittag, als ich die Wildpferde um den Fuß des Copperhead und hinunter ins grüne Weideland trieb.

In einiger Entfernung sah ich einen vertrauten Geländewagen, der sich auf der staubigen Straße näherte. Ich richtete mich hoch in einem Steigbügel auf und machte ihm Zeichen zurückzufahren. Nan, die am Steuer saß, verstand, was ich wollte. Sie wendete und blieb auf dem Rückweg zur Farm immer mehrere Hundert Meter vor den Wildpferden. Ich drosselte das Tempo der Herde, während Pop das Gatter öffnete. Dann kletterte er hinein, während Nan in großem Bogen hinter die Viehpferche fuhr, um die scheuen Brumbies nicht mit den Fahrzeuggeräuschen zu erschrecken.

Ich wusste, dass sie mir Hunderte von Fragen stellen wollten – und ich musste ihnen *tausend* Dinge erzählen – aber das konnte warten.

Erst mussten Susie und ich unseren Job machen. Nan und Pop standen hinter dem Zaun und beobachteten uns. Ich muss einen denkwürdigen Anblick geboten haben mit meinen angesengten und zerfetzten Klamotten, meinen nackten blauschwarz verfärbten Füßen und meinen krisseligen verbrannten Haaren. Obwohl ich hundemüde war und jeder einzelne Teil meines Körpers sich zerschunden, versengt oder geprellt anfühlte, saß ich hoch aufgerichtet im Sattel. Ich schwang die Peitsche in hohem Bogen über meinem Kopf, ließ sie laut knallen und trieb die zwölf wilden Pferde vor uns auf die Rinderkoppel.

Ich fühlte mich wie ein echter Cowboy.

Justin d'Ath wurde als eines von zwölf Kindern in Neuseeland geboren. 1971 kam er nach Australien, um Missionar zu werden. Nach drei Jahren verließ er bei Nacht und Nebel das Priesterseminar und durchstreifte zwei Jahre lang Australien mit dem Motorrad. Während dieser Zeit begann er, für Motorradmagazine zu schreiben. Seinen ersten Roman für Erwachsene veröffentlichte er 1989, gefolgt von mehreren preisgekrönten Kurzgeschichten, ebenfalls für Erwachsene. Justin hat schon in einer Zuckerfabrik, auf einer großen Rinderfarm, in einer Mine, auf einer Insel und in einem Labor gearbeitet, außerdem hat er Autos gebaut, Obst gepflückt, Gabelstapler gefahren und zwölf Jahre lang Schreiben unterrichtet. Sein erstes Kinderbuch schrieb er 1996. Mittlerweile hat er über 40 Bücher veröffentlicht und mehrere Preise gewonnen.

WEITERE ABENTEUER MIT SAM FOX

ISBN 978-3-7855-8142-1
Band 1

Bei einem Überfall werden Sam und seine zwei Jahre alte Cousine Nissa gekidnappt. Als wäre das nicht gefährlich genug, wütet gerade der schlimmste Wirbelsturm seit Jahren an Australiens Küste. Der Kidnapper crasht das Fluchtauto in den Crocodile River und nur mit viel Glück entkommen Sam und Nissa dem sinkenden Autowrack. Doch jetzt sitzen sie mitten im reißenden Fluss auf einer kleinen Sandbank fest. Hier bedrohen sie nicht nur die steigenden Fluten, denn der Fluss hat seinen Namen nicht umsonst …

Loewe